剣客同心

鬼隼人

鳥羽亮

時代小説文庫

角川春樹事務所

目次

剣客同心　鬼隼人

第一章　南御番所

1

ここちよい川風が流れこんでいた。

見ると、大川の川面《かわも》が華やかな灯《ひ》に染まっている。五月の末の川開きが終わってから半月あまり、軒先に提灯《ちょうちん》をさげた屋形船《やかたぶね》や箱船《はこぶね》などが、川面をさかんに行き来していた。汀《みぎわ》に寄せるさざ波の音にまじって、女の嬌声《きょうせい》や酔客の甲高《かんだか》い哄笑《こうしょう》、三味線、鼓《つづみ》の音などがさんざめくように聞こえてくる。

ここは柳橋《やなぎばし》。大川端《ばた》にある料理屋、磯野屋《いそのや》の二階の奥座敷である。軒下が大川の岸辺で、障子《しょうじ》をあけるとすぐ目の前に川面がひらけている。

長月隼人《ながつきはやと》は、少し汗ばんだ肌を川風にさらしてから黄八丈《きはちじょう》の小袖《こそで》に腕をとおし、博多帯《はかたおび》をしめてからあらためて座り直した。

三十二歳、彫りの深い端整な顔立ちの男である。浅黒い肌、高い鼻梁《びりょう》、ひきしまった口元。剽悍《ひょうかん》そうな面貌《おもて》だが、その挙措には何となくなげやりな雰囲気がただよっている。目のせいかもしれない。切れ長の細い目は冷ややかで、顔全体に翳《かげ》をつくっているのだ。

「羽織《はおり》をおめしになりますか」

菊乃《きくの》が頬《ほお》にたれた乱れ髪を白い指先でなで上げながら訊《き》いた。

隼人のかたわらの屏風《びょうぶ》に、黒の絽羽織《ろばおり》が掛けたままになっている。

「いや、いい。この方がここちよい」

隼人はそう言うと、襟《えり》をひろげて川風を胸元をさらすようにした。

「ほんとにいい風……」

菊乃は緋色《ひいろ》の肌襦袢《はだじゅばん》の襟元をつまんで少しだけひろげ、風のくる方に首をのばした。

白い餅肌《もちはだ》が、火照《ほて》ったようにうっすらと朱にそまっている。ちいさな唇と少し潤《うる》んだような黒瞳《こくどう》がなんとも色っぽい。

菊乃は磯野屋のかかえの芸者である。隼人が馴染《なじ》むようになってから三年経《た》つ。肌を許しあった仲だったが、ここ一月《ひとつき》ほどごぶさたし、今夜しばらくぶりで抱いたところだった。

「喉《のど》がかわいた。酒をもらおうか」

隼人は膳《ぜん》の上の杯をとると、菊乃の方に腕をのばした。

「何か、肴《さかな》をつくってもらいましょうか」

そう言って、たちあがる素振《そぶ》りを見せた菊乃を、

「いい、酒があればいい」

と言って、隼人がひきとめた。

菊乃は肩先を隼人の胸にあずけるようにして銚子《ちょうし》を取ると、

「ちっとも来てくれないから、だれかいい人でもできたんじゃァないかと気をもんでたんですよ」

と、上目遣《うわめづか》いで隼人を見ながら蓮《はす》っ葉《ぱ》なもの言いをした。

「このところ、いそがしくてな」

「捕物《とりもの》ですか」

「ああ、腰を落ち着けて酒を飲む間もなかったのよ」

嘘ではなかった。隼人はここ一月ほど、役目である探索に忙殺されていたのである。

隼人は、南御番所《みなみごばんしょ》の隠密廻《おんみつまわ》り同心だった。

南御番所とは、南町奉行所のことである。たんに南の番所と呼ぶこともあった。

一月ほど前の五月十三日の夜、日本橋小網町《にほんばしこあみ》にある米問屋の島田屋《しまだや》が夜盗に襲われ、主人をはじめ女房、子供、奉公人など八人が斬り殺され、二千三百両の大金が奪われていた。

隼人はその夜盗の探索にかかわっていたのである。

この時代、江戸の南北の御番所にはそれぞれ、二十五騎の与力《よりき》と百二十人の同心がいた。御番所は、この人数で江戸府内の行政、治安の任にあたっている。

仕事は犯人の追捕《ついぶ》はむろんのこと、各所の見まわりから烈風《れっぷう》、祭礼時の見まわり、町火消しの指揮、諸色《しよしき》（物価）掛《がかり》にいたるまで、きわめて広範囲多岐にわたっていた。

同心のほとんどは、与力に配属され補佐として働いていたが、なかには与力の下役ではなく、同心だけの役もあった。

主として犯人の探索、逮捕にあたる定廻《じょうまわ》り、臨時廻《りんじまわ》り、隠密廻《おんみつまわ》りの三役である。これら三役の同心が、「捕物ならびに調べもの役」とよばれ、江戸府内でおこる犯罪に対処していたのである。

南北の御番所にそれぞれ定廻り同心六名、臨時廻り六名、隠密廻り二名が配置されていたが、これだけの人数で府内全域でおこる犯罪の探索、逮捕にあたっていたのだからまさに驚異的である。

しかも、市中を巡視し、法令の非違を観察し実際に犯人の検挙にあたるのは、定廻り同心と臨時廻り同心だけであった。

二名の隠密廻り同心は、奉行から直接指示を受け、その名のとおり隠密裡《り》の探索にあたっている。例えば、犯人らしき男が武家屋敷に逃げ込んだとすると、武家の屋敷内は町方の管轄外なので、踏み込んで調べることができない。そこで、隠密廻りが中間《ちゅうげん》などに変装して奉公し、屋敷内を探ったりする。そして、犯人であることが判明すれば、定廻り同心に伝えて屋敷から出たところを捕《と》らえるのである。

みずからの手で犯人の捕縛《ほばく》はしないが、事件の裏付け調査や証拠集めをする秘密探偵と思えばいい。

米問屋の島田屋が夜盗に襲われた事件は、定廻り同心と臨時廻り同心が犯人の追捕にあたるべき一件であった。八人が殺され二千三百両の大金が奪われるという大事件だったので、当然、南御番所の両同心は勇躍して、手先である岡っ引きや下っ引きとともに犯人の探索にあたっていた。

ところが、このときの南町奉行、筒井紀伊守政憲《つついきいのかみまさのり》は、事件の翌日ひそかに奉行所内にある役宅に隼人を呼んだのである。

「こたびの一件、その方、ひそかに取り調べてくれ」

筒井が声をひそめて言った。

ふだんは血色のいい壮年の顔に苦渋の色がうかんでいる。

「お奉行、町方の事件でございますれば、定廻りと臨時廻りの者が探索についておりますが……」

隼人は、いかに大事件であろうと、隠密廻りの出る幕ではないと思い、そう訊いた。

「もっともだ。だが、気になることがあってな」

「気になるとおおせられますと」

「報告によると、賊は、ただの押し込み強盗ではないようなのだ」

「…………」

「殺された八名の者、いずれも、一太刀《ひとたち》にて斬り殺されていたという。……それに、生き残った仙吉《せんきち》なる丁稚《でっち》の話だと、覆面で顔は隠していたが、いずれも袴《はかま》を穿《は》き、こしらえは武士だったとのこと」

「賊は何人でございますか」

「仙吉が見たのは、四人だが、それ以上かもしれぬ」

筒井の話だと、深夜、仙吉が厠《かわや》に入っているときに賊が侵入したという。異変に気付いた仙吉は恐怖のあまり腰が抜け、そのまま厠のなかで震えていたが、わずかに開いた戸の隙間《すきま》から千両箱をかついで出ていく賊の姿を目撃したとのことだった。

それにしても、四人以上の武士が徒党を組んで商家を襲ったとなるとただごとではない。それに、賊が牢人《ろうにん》ならともかく、旗本や御家人《ごけにん》、あるいは大名の家中の者ということになれば、町方では簡単に手出しができなくなる。

「心得ましてございます」

隼人は筒井の危惧《きぐ》するところを察した。

「それにな、ほかにも気になることがあってな。すでに手の者に命じてひそかに探索させているのだが、あるいは、その一件とどこかで通じているような気もいたしてな」

筒井は眉根《まゆね》を寄せ、思案するような表情をうかべた。

「他の一件と申されますと」

隼人が訊いた。

「いや、今のところ噂だけでな。それゆえ、わしの手の者だけに命じて調べさせておる。いずれ、そちにも話すが、いまはかえって知らぬほうがよいかもしれん」

「ハッ、承知いたしました」

筒井のいう手の者とは、内与力《うちよりき》のことだろうと察したが、隼人はそれ以上訊かなかった。

内与力は、奉行の腹心の部下で秘書役のような任務についている。通常、与力は奉行所所属で異動がなく長年勤続しているので古参の者が多く、新任の奉行にとってはやりづらい面もあった。そこで、二十五騎の与力のうち二名は、奉行が自分の家臣のなかから秘書役として与力を任命したのである。

これを内与力と呼び、常に奉行の手許《てもと》にいて公用の代理から出馬時の供までこまごまとした任についていたのである。むろん、奉行の一存で公《おおやけ》にできないような探索にあたることもあった。

翌朝、隼人は南御番所に行かず、直接小網町の島田屋に足を運んだ。埋葬される前に、殺された八人の斬り口を見ておきたかったのである。

八丁堀《はっちょうぼり》の住居《すまい》を明《あけ》六ツ（午前六時）ごろ出た隼人は、御用箱をかつがせた中間を連れて、島田屋の大戸の前に立った。

島田屋はそれほどの大店《おおだな》ではなかったが、土蔵造りの堅牢な店構えだった。すでに、町方の検死を終え、八人の遺体はいくつかの座敷に分散して寝かせてあった。

島田屋の者で生き残ったのは、丁稚の仙吉、女中のお浜《はま》、それに十七になる松蔵《まつぞう》という主人の倅《せがれ》だけだという。

お浜は、母親のぐあいが悪いということで住居の長屋にもどっていて助かったという。

また、松蔵は修業のため他人の飯を食わせようという主人の考えで、他店に奉公に出されていて難を逃れたらしい。子の将来を考えて奉公に出した父親の思いが、倅である松蔵の命をすくったことになる。

島田屋の店内には、この三人のほかに五、六人の商人《あきんど》ふうの男がいて、葬儀のための準備をしていた。いずれも鎮痛な顔をして憔悴《しょうすい》しきっている。

かれらは松蔵が修業に出されていた米問屋の主人と奉公人たちで、島田屋とは親戚筋にあたるという。

隼人は事件については何も訊かなかった。すでに、定廻り同心や岡っ引きたちが関係者から根掘り葉掘り聞き出しているはずである。後で、同心のひとりから聞けばすむと思ったからだ。

隼人は死体の斬り口だけを見た。夏場のため、すでに死体は死臭を放ち、血の臭《にお》いと腐臭を嗅《か》ぎつけて蠅《はえ》が飛んでいた。

……手練《てだれ》だ！

と隼人は思った。

奉行の言ったとおり、ほとんど袈裟《けさ》に首筋から胸部に入った一太刀で斬殺されていた。八体の傷はほぼ同じ太刀筋だった。ひとりか、あるいは同じ太刀筋の剣を遣う者たちの手にかかったと考えられる。

……武士だな。それも、剛剣だ。

なかには刀身が首根から入り、肋骨《あばらぼね》を截断《せつだん》して脇腹《わきばら》まで抜けている死体もあった。これだけの太刀筋は、膂力《りょりょく》のすぐれた剛剣の主でなければうまれない。隼人は背筋を冷気がかすめたような気がし、全身が粟立《あわだ》った。容易ならぬ相手だと思った。

その後、隼人は独自に探索をつづけたが、一味につながるような手掛りは得られず、一月ほどが過ぎたのである。他の同心たちも懸命に調べていたが、一味の正体は杳《よう》としてつかめず、ちかごろは手詰まりの状況だった。

2

「ねえ、今夜は泊まっていってくれるんでしょう」

菊乃は背中を隼人の胸にあずけ、あまえたような声を出した。

「そうもいかぬ」

隼人は左手を菊乃の胸元から差し入れ、やわらかな乳房をもてあそびながら言った。

ふっふふ……、と笑いながら、菊乃はされるがままになっている。

磯野屋は老舗《しにせ》の料理屋で客を宿泊させるようなことはなかったが、隼人は別格だった。主人の徳兵衛《とくべえ》も隼人が隠密廻り同心であることを知っていて、来店すると二階の奥座敷に案内し、流連《いつづけ》も黙認していたのである。

「旦那が、ずっと来なかったから悪いんですよ……」

菊乃の声は鼻声になった。身をよじるようにして、かすかに喘《あえ》ぎ声をもらした。首筋や胸の肌がしっとりと吸い付くように汗ばんでいる。

「明日も定刻までには、南番所に行かねばならぬからな」

隼人は、明朝、内与力の榎本信之助《えのもとしんのすけ》と会う約束がしてあった。

同心の奉行所への出勤時間は五ツ（午前八時）である。その時間に、榎本から奉行所内で会いたいと話があったのだ。

与力の出勤時間は通常同心より一刻《いっとき》（二時間）ほど遅い四ツ（午前十時）だったが、内与力である榎本は南御番所内に住居《すまい》があったので、隼人の時間にあわせたのである。

榎本は奉行の筒井がひそかに探索を命じていた男で、隼人はすでに三日前に南御番所内で会い、話は聞いていた。

そのとき、榎本はまだ確かなことは何もつかんでおらぬ、と前置きし、

「お奉行に依頼され、旗本綾部治左衛門《あやべじざえもん》さまの周辺を調べている」

と、身を寄せて小声で言った。

「綾部さま……！」

大物だった。

三千石の大身《たいしん》の旗本で、半年ほど前まで御側衆《おそばしゅう》の要職にいた人物である。

御側衆は五千石高、待遇は老中《ろうちゅう》なみ。御側御用人《おそばごようにん》の配下で、老中、若年寄《わかどしより》などから提出される書類を将軍に取り次ぐ役である。つねに将軍のそばにいるため、その威勢はたいへんなものがあった。

三千石の綾部は、二千石の御役高を得て、御側衆の要職についていたのである。

「まだ、何もつかんではおらぬが、いずれおぬしの手を借りるようなこともあると思う。そのときは、頼む」

そう言われ、隼人は数寄屋橋詰《すきやばしづめ》にある南御番所の門前で榎本と別れたのである。

そして、今日、奉行所内にいた隼人のところへ、榎本に仕えている甚六《じんろく》という小者《こもの》が、

「明朝、五ツに榎本さまが奉行所でお会いしたいとのことでございます」

と、あらためて伝えに来たのだ。

わざわざ使いをよこしたところをみると、榎本が何かつかんだか、隼人の手を借りたいようなことが出来《しゅったい》したかである。

……ともかく、明朝、会えばわかるであろう。

と思い、その日探索のあてもなかったので、久し振りに磯野屋に顔を出したのである。

「ねえ、旦那、もう一度……」

菊乃は喘ぎながら、乳房をもてあそんでいる隼人の手を肌襦袢の上から押さえ、もう、がまんできない、と言って襟元を押しひろげると、後ろをむいて隼人の首にかじりついてきた。

「しょうがねえなァ。今、身繕《みづくろ》いを終えたところだぜ」

隼人は八丁堀の同心らしい伝法《でんぽう》なもの言いをして、膝先の膳を脇へ押しやり、菊乃を抱

いた。

隼人が磯野屋を出たのは、四ッ（午後十時）をすぎていた。すでに町木戸は閉まり、家並は夜の帳《とばり》につつまれていたが、柳橋は船宿や料理茶屋が多く、夜陰のなかにいくつも行《あん》灯《どん》や雪洞《ぼんぼり》の灯《ひ》が見えた。

天空は薄雲でおおわれているらしい。朧《おぼろ》な月の淡いひかりが、家並や樹陰の闇をいっそう濃くしているようであった。風もあった。隼人は磯野屋で用意してくれた提灯《ちょうちん》で足元を照らしながら歩いた。提灯が揺れたが、風は酒と女を抱いたあとの上気した肌にここちよくしみた。

隼人は柳橋をわたり、両国広小路《りょうごくひろこうじ》へ出ると、大川端の道をとった。木戸の多い町中の道は面倒だったのである。

黄八丈の小袖に黒の絽羽織、雪駄《せった》履《ば》き、愛刀の兼定《かねさだ》を一本差し、川風に吹かれながら飄《ひょう》然《ぜん》と大川端を歩いていた。

兼定は刀鍛冶《かたなかじ》で、関物《せきもの》とよばれる大業物《おおわざもの》を鍛えたことで知られる名匠である。関物ではとくに関孫六《せきのまごろく》が、切れ味の鋭い実用刀を鍛えたことで有名だが、兼定の作品も孫六に劣らぬ実戦的で豪壮なものだった。

隼人の腰の物は、刀身が二尺三寸七分、身幅《みはば》の広い剛刀である。地鉄《じがね》は強く、刃文《はもん》は覇《は》気《き》のある大乱《おおみだ》れで、太刀姿《たちすがた》にも見る者を圧倒するような力強さがあった。

通常、同心は犯人を斬らないので、刃引《はび》きの長脇差《ながわきざし》を差している者が多いが、隼人は兼定を愛用していた。

隼人は薬研堀《やげんぼり》を通り、左手に武家屋敷のつづく川沿いの道を歩いていた。この辺《あた》りは町《まち》屋《や》はなく、板塀のなかに鬱蒼《うっそう》と樹木のしげった武家屋敷だけになる。辺りはひっそりとして、聞こえてくるのは、川岸に植えられた柳の枝を鳴らす風音と大川の汀《みぎわ》によせる波音だけである。

……だれかくる！

隼人は背後の風音のなかに、ヒタヒタと迫る足音を聞いた。

夜陰のなかに提灯の灯がうきあがり、かすかに人影が見えた。股《もも》だちをとった袴《はかま》姿で、二刀を腰に差している。

武士のようだ。夜気のなかに異様な殺気がある。小走りに接近してくる武士の姿は、敏《びん》捷《しょう》で夜走獣のような不気味さがあった。

「だれでぇ！」

隼人は腰の兼定に右手をのばしながら誰何《すいか》した。

武士は三間《けん》ほどの間《ま》をとって、立ち止まった。顔を黒覆面で隠している。足元に下げた提灯の明りを受けて、両眼が猛禽《もうきん》のように赤みをおびて光っていた。身《み》の丈《たけ》が六尺ちかい大柄な武士で、異様な威圧感があった。

「八丁堀の者と知っての闇討ちかい」

ただの物取りや辻斬りではなさそうだった。ひとりで仕掛けてきたところを見ると、相応の遣い手とみなければならない。

「……八丁堀の鬼隼人《おにはやと》とは、うぬのことか」

武士はくぐもった声で言った。

「ほう、そいつを承知で仕掛けてきたのかい」

隼人には鬼隼人との異名があった。

直心影流《じきしんかげりゅう》の遣い手で、立ち向かってくる科人《とがにん》には情容赦《なさけようしゃ》なく剛剣を揮《ふる》い、斬り殺したので、江戸市中の盗人《ぬすっと》、無頼牢人、地まわり、無宿者などから、鬼隼人、八丁堀の鬼などと呼ばれ恐れられていたのである。

隼人は提灯をあげて、対峙《たいじ》した男の顔を照らした。

顔は見定められなかった。するどい双眸《そうぼう》が、火を映して赤く光って見える。

ふいに、武士は手にした提灯を川岸にむかって投げた。

3

風に飛んだ提灯は、柳の根元に当たって、ボッ、と燃え上がった。

一瞬、あたりが炎に照らしだされ、抜刀した武士の姿が黒くうかびあがった。牙を剝《む》いた大熊のような激しい闘気があった。

「やる気かい」

隼人も提灯を投げた。同じように燃え上がった提灯の炎のなかで、隼人は兼定を抜き、切っ先を相手の左眼につけた。片目はずしと呼ぶ青眼《せいがん》の構えで、懸《けん》（攻撃）待《たい》（防御）に即応できる。

間合《まあい》はおよそ二間半。

ふたりは、対峙したまま一足一刀《いっそくいっとう》の間境《まざかい》の外にいた。

武士はやや刀身をさげた平青眼《ひらせいがん》である。どっしりとした大きな構えで、巌《いわお》のような威圧感があった。切っ先が小刻みに上下し、刀身のむこうに武士の体が遠ざかったような気がした。切っ先ひとつで、敵を攻めているのだ。

……こやつ、できる！

隼人は全身が粟立つのを感じ、かすかに顫《ふる》えた。

だが、怯《おび》えはなかった。体の内には激しい闘志がある。強敵に対したときの武者震《むしゃぶる》いといっていい。

提灯の燃える火勢が急速におとろえ、幕をとざすようにあたりが闇におおわれてきた。

武士の体は黒い巨大な巌のように隼人の前に立ちふさがっている。

グイと武士が間合にふみこんできた。

全身にはげしい気勢《きせい》がみなぎり、切っ先に凄《すさ》まじい殺気がこもった。気攻《きぜ》めである。しかも、隼人の切っ先のまわりに円を描くように己の切っ先をまわしはじめたのだ。

異様な構えだった。切っ先が仄《ほの》かな月光を受けて、うすい白光を曳《ひ》き、ひかりの円ができる。一瞬、隼人はその円のなかに己の意識が引き込まれるような気がした。

……こ、これは！

隼人は戦慄《せんりつ》した。

そのとき、隼人は対峙《たいじ》した武士の体がスッと遠ざかったように見え、間が読めなくなったのだ。

咄嗟《とっさ》に危険を察知した隼人は、すばやく一歩身を引いた。

刹那《せつな》、武士の体が躍動した。一瞬、黒い巨軀《きょく》が眼前にふくれあがったように見え、隼人は押しつぶされるような威圧を感じた。

イヤァッ！

凄まじい気合と刃唸《はうな》りを、隼人は背後に飛びながら聞いた。

敵の切っ先が、隼人の肩口をとらえ着物の襟元《えりもと》が裂けた。だが、浅い。着物が裂けただけである。

武士の攻撃はそれで終わらなかった。背後に逃れた隼人の眼前に、すさまじい勢いで武士が急迫し、二の太刀を袈裟《けさ》にあびせてきた。隼人はさらに背後に下がりながら、必死に刀身を払う。

キーン、と金属音がひびき、青火が夜陰に散った。

すでに、隼人のかかとは川岸の石垣ちかくに迫っていた。提灯は燃えつき、夜陰があたりをつつんでいたが、川面がわずかに柳橋あたりの灯《ひ》を映し、武士の黒い輪郭だけは見定められた。

その巨軀が眼前に迫り、するどい殺気を放射しながら袈裟に斬りこんできた。そのまま押しつぶすような迫力ある寄り身《よみ》である。

タアッ！

気合《きあい》とともに隼人は胴《どう》を払《はら》った。胴を斬るためではなく敵の出足をとめるための斬撃だった。

この払《はら》い胴《どう》に、一瞬、武士は身を引いて八相《はっそう》に構えなおしたが、すぐに間合に踏み込んできた。

八相から武士が袈裟に斬りこむのと、隼人が背後に飛ぶのとが同時だった。

武士の切っ先は虚空《こくう》を切り、隼人の身は川端を越えた。

アッ！　という声を残して、隼人は川面に落下した。

隼人は岸辺の舫《もや》い杭《ぐい》につかまり、濃い闇のなかで息を殺していた。

頭上で、川岸の石垣に身を寄せて下を覗《のぞ》く気配がしたが、やがて遠ざかる足音が聞こえた。武士は川面に隼人の姿を確かめようとしたらしかったが、濃い闇のため断念したらしかった。

隼人は川下に泳ぎ、ちいさな桟橋《さんばし》からはい上がって着物の水をしぼった。

……あやつ、おそろしい剣を遣う。

隼人は身震いした。

川の水の冷たさだけではなかった。大河に身を投じなかったら斬られていたかもしれぬと思うと、ぞっとした。

翌朝、隼人は約束した時間に南御番所へ行ったが、榎本は姿をあらわさなかった。住居《すまい》にしている長屋に行ってみると、昨日連絡に来た甚六が、

「それが、昨日の夕刻、御番所を出たままおもどりにならないので……」

と、不安そうな顔で言った。

話を聞いてみると、今朝から、おたえという榎本の奥方と女中、中間などが心当たりを探しているというのだ。

榎本の行方が分かったのは、それから一刻《いっとき》（二時間）ほどしてだった。定廻り同心の天野玄次郎《あまのげんじろう》が、蒼《あお》ざめた顔で南御番所に駆けこんできた。

「榎本さまが殺《や》られた！」

天野は大声をあげた。

用部屋に居合わせた数人の同心と吟味方《ぎんみがた》与力が、顔をこわばらせて立ち上がった。

「場所は」

壮年の荒木文左衛門《あらきぶんざえもん》という吟味方与力が、顔をこわばらせて訊いた。

「柳原《やなぎはら》の土手で」

「よし、行ってみよう。天野、案内しろ」

荒木の指示で、隼人と加瀬《かせ》という臨時廻り同心が荒木に同行することになった。

吟味方与力は白洲《しらす》で罪人を取り調べる役で、はじめから事件の現場に臨場するようなことはないが、身内の与力が被害者となれば別である。

天野をはじめとして同心三人が、各々《おのおの》の手先の小者《こもの》を連れて奉行所をとびだした。

柳原の土手は、神田川の堤で八代将軍吉宗が、その名にちなんで柳を植えさせたことから柳並木がつづいている。

筋違橋《すじかいばし》から浅草御門《あさくさごもん》までの神田側を柳原通りといい、日中は古着屋などが店をならべて賑《にぎ》やかだが、川べりには丈《たけ》の高い雑草が生い茂る荒れ地や杜《もり》にかこまれた祠《ほこら》などもあり、夜になると夜鷹やときには辻斬りなども出る寂しい地もあった。

こんもりした杜にかこまれたちいさな祠の前に、人だかりがしていた。柏崎《かしわざき》という定廻り同心、縞《しま》の小袖《こそで》を尻《しり》っ端《ぱし》折《よ》りした岡っ引きらしい男、ちかくの古着屋から駆け付けたらしい男女などが、十人ほど人垣をつくっていた。

「八丁堀の者だ、道をあけろ」

天野が怒鳴った。

すぐに人垣はふたつに割れた。野次馬が青くなって、後じさるのも当然だった。天野たちは、いずれも八丁堀ふうの小銀杏髷《こいちょうまげ》、三つ紋着流しに朱房の十手《じって》と、一目で与力、同心と知れる格好である。その町方が、四人も血相を変えて駆け付けたのである。

榎本はどす黒い血に染まって、あお向けに倒れていた。何者かと斬りあったのか、右手に抜き身をつかんでいた。

右首筋から左の脇へ袈裟がけに斬られていた。かなりの剛剣である。鎖骨が截断され、首が折れたように横にかしげていた。傷は一太刀である。

……これは、昨夜《ゆうべ》の！

隼人の脳裏に昨夜、襲った武士のことがよぎった。

あの太刀筋だ、と気付いたのである。しかもそれだけではなかった。昨夜はむすびつかなかったが、こうして斬り口を見ると、小網町の島田屋で見た斬殺死体のそれと同じなのだ。

……あやつ、榎本さまをここで斬ってから、おれを襲ったのか。

隼人には、なぜ、あの武士が榎本を斬り殺し、さらに自分の命を狙ったのか分からなかったが、すくなくとも斬殺の意図を持って襲ったことだけはまちがいないと思われた。

「荒木さま、付近を探索して見ましたが、争った跡があるだけで、不審な物はございませぬ」

柏崎が他の同心にも聞こえる声で報告した。

柏崎によると、定廻りの途中で番小屋の者に、何者かが殺されていることを報《し》らされ、駆け付けてみると、榎本さまだったので、すぐに手先を自身番《じしんばん》に走らせ、番人や岡っ引きなどを集めたという。

ちょうど、折りよく自身番に居合わせた天野に御番所へ報らせてもらい、自分は検死と付近の探索にあたったとのことだった。

柏崎の報告を聞き、あらためて検死している間に、人垣はしだいにふくらんできた。付近に散っていた岡っ引きや下っ引きなどがもどって来たのと、柳原通りを行き来する通行人が、何事かと覗きに集まってきたからである。

「荒木さま、これは島田屋の者たちと同じ太刀筋のようで……」

隼人は荒木と他の同心にそのことだけ耳打ちして、人垣から外へ出た。

ここから先の犯人の探索は、定廻りと臨時廻りの者の仕事だと思ったのである。

ただ、隼人はこの事件《ヤマ》から身を引くつもりはなかった。隠密廻り同心として、己のやり方で犯人を追うつもりだったのだ。

夏の強い陽射《ひざ》しが頭上から照りつけていた。暑熱が辺りをつつみ、乾いた通りから白い砂埃《すなぼこり》がたっていた。

4

「旦那、やっぱり来てやしたね」

人垣の中から聞き覚えのある声がした。

振り返ると、目のぎょろりとした猪首《いくび》の男が立っていた。隼人が手札《てふだ》を渡している鉤縄《かぎなわ》の八吉《やきち》と呼ばれる岡っ引きである。この男、細引《ほそびき》の先に三寸ほどの鉤をつけ、犯人の衣類に打ち込み、引き寄せて捕縛するのを得意としていた。

すでに五十路《いそじ》をこえた初老で、近頃はおとよという女房にやらせている豆菊《まめぎく》という小料理屋を手伝っていることが多かったが、事件を聞いて顔を出したらしい。

「八吉か、ちょうどいいところへ顔を出したぜ。ちょっと、こっちへこい」

隼人は人垣から祠の陰に八吉を引っ張っていった。そこは、木陰になっていて、いくらか暑さがしのげる。

「旦那、殺られたのは榎本さまですって」

滅多なことでは、表情を動かさない八吉もさすがに驚いた顔をしていた。

「そうだ。辻斬りや追剝《おいはぎ》の仕業じゃァねえようだぜ」

「へえ……」

八吉は丸い目をひからせて、そばに寄ってきた。

「この事件の根は深え。……おれも同じ相手に昨夜襲われたんだ」

隼人は大川縁《べり》での出来事をかいつまんで話した。

「しかもな。小網町の島田屋に押し入った一味にも、同じやつがくわわっていたとみている」

相手は大柄の武士で、剛剣の主であることをつけくわえた。

「なぜ、旦那や榎本さまが襲われなすったんで」

八吉は十手を左手でしごくように撫《な》ぜながら訊いた。

十手を撫ぜるのが、緊張したときや考えこむときの八吉の癖である。

「分からねえ。……だが、榎本さまもおれも島田屋の一件をひそかに探索していた。そのせいだとは思うが……」

隼人にはそれ以上のことは言えなかった。

榎本は旗本、綾部治左衛門のことを調べていると言っていたが、お奉行の話では榎本も島田屋のことを調べているはずだった。

「それでな、八吉、おめえに頼みがある」

隼人が声をあらためて言った。

「へい、そうくると思ってやした」

「島田屋の一件をもう一度調べなおしてくれ。とくに、生き残った三人をな」

隼人は島田屋についていろいろ調べてみたが、押し入った一味につながるようなことは何もでてこなかった。ただ、武士集団にしては手際がよすぎる、と隼人は思った。侵入時に雨戸を破ったり板塀を壊すような荒事はしていなかったし、深夜とはいえ、丁稚の仙吉のほかに目撃者もいなかったのである。

「侍《さむらい》のほかに、押し込みの場数を踏んだ者がくわわっていたか、あるいは手引をした者がいるか、そのあたりを探ってみろ」

「承知しやした。ちかごろ、利助《りすけ》と三郎《さぶろう》も暇をもてあましていやがるから、さっそく探りを入れさせやすぜ」

利助と三郎のふたりは、八吉が使っている下っ引きで、ふだんは豆菊で下働きをしている。

「八吉、大柄な武士と出会ったら手を出すんじゃァねえぜ。おめえの鉤縄でも、簡単には捕《と》れねえ」

そう念をおして、隼人は祠の陰からでた。


そのままの足で、隼人は南御番所にむかった。奉行の筒井紀伊守に会うためである。町奉行は毎日、朝四ッ（午前十時）に登城し、八ッ（午後二時）に下城する。そして帰邸後、訴訟の吟味にあたる。

これからむかえば、下城後の筒井に会えるはずだった。

奉行所は南北ふたつあるが、月交替で非番と月番とにわかれて執務をおこなっている。月番の御番所は表門を八文字にあけ、その月の公事訴訟《くじそしよう》を受け付け、非番になると門をとじ、くぐり戸だけあけておく。ただし、非番といっても遊んでいるわけではない。月番のとき受け付けた公事訴訟の取り調べや処理にあたっているのだ。

今月は南御番所が月番だったので、筒井は下城後、お白洲で訴訟の吟味にあたるはずであった。

南御番所の門をくぐると、年番方《ねんばんかた》与力が玄関先で待っていた。年番方というのは、御番所内の取締りや金銭の出納にたずさわる与力で年配の者が任命される。

「長月、お奉行が、すぐに会いたいそうじゃ」

老齢の安岡という与力が顔をこわばらせて言った。

どうやら、榎本が殺害されたことは御番所内に知れ渡っているらしい。屋敷内はひっそりとしていたが、緊張した雰囲気につつまれていた。

「お奉行は、お白洲にもお出にならず、おぬしの帰るのを待っておられる」

との安岡の言に、隼人はそのまま筒井の役宅の方へまわった。

奥座敷で隼人と対座した筒井は、麻裃《あさがみしも》は着替えて着流し姿だったが、顔はこわばり苦悶《くもん》の色をうかべていた。

「榎本が殺されたそうじゃな」

筒井が重い声で言った。

「ハッ、柳原の土手にて」

すでに、報告されているとは思ったが、隼人は柳原の土手の様子を簡単に伝え、

「じつは、拙者《せっしゃ》も昨夜、何者かに襲われました」

と、切り出した。

「まことか」

筒井は驚いたように隼人の顔を見た。

「はい、覆面で顔を隠した武士に」

隼人は昨夜の様子を簡単に話した。

「何者かが、榎本とそちの口を封じようとしたと見ねばなるまいな」

筒井は隼人を見つめながら言った。

「お奉行、榎本さまから、会って話したいとの言伝を受けた直後のことでございます。榎本さまは何を伝えようとなされたのか、お聞きではございませぬか」

榎本は筒井の命を受けて動いていた。すでに、榎本から話の内容は奉行の耳には入っているのではないかと思ったのだ。

「それよ、一昨日、わしのところへまいってな。旗本の綾部家に出入りしているあやしい牢人をつきとめたが、ひそかに捕らえて口を割らせたい、と申したのじゃ。……わしは、島田屋に押し入った者なら、相応の手練であろうと思い、そちの手を借りるよう指示いたした。それで、榎本から話があったのであろう」

「…………」

となると、榎本はその牢人に襲われた可能性が大きい。牢人一味は、己の身辺を嗅ぎまわっている町方に気付いて始末したのではないだろうか。

……あるいは、おれもあのとき見られていたのかもしれぬ。

自分が狙われたのは、一昨日、榎本と一緒に南御番所から出るところを目撃した一味が、榎本とともに身辺を探っている同心と思いこんで始末しようとしたのではないか、と隼人は気付いた。

「その牢人の名は、分かりましょうか」

おそらく、大川端で襲った男にちがいない。

「名は分からぬが、神道無念流《しんとうむねんりゅう》を遣うともうしていたが……」

「神道無念流……！」

ちかごろ神道無念流を学ぶ者はおおく、江戸の剣壇に名をとどろかせている剣士も大勢いた。隼人は名の知れた遣い手を頭にうかべてみたが、覆面の武士とつながるような人物はいなかった。

もっとも、覆面で顔を隠していたのだから、大柄な武士というだけで人物をしぼりこむのはむずかしい。

「長月、こうなったら、そちに榎本の後をついで調べてもらわねばならぬな」

筒井の目には、するどいひかりがあった。その胸の内には、このまま定廻りや臨時廻りの探索だけにまかせておけない気持と、榎本の無念をはらしてやりたいという思いがあるようだった。

「心得てございます」

乗りかかった船だった。隼人は奉行の指図がなくとも探ってみるつもりでいた。

5

「お奉行、綾部治左衛門さまのこと、お聞かせいただけましょうか」

隼人は筒井を直視して言った。

筒井は、綾部をひそかに調べるよう榎本に命じていたのである。その探索のなかで、榎本は屋敷に出入りいる牢人に気付き、身辺を洗っているうちに殺害されたと見るべきであった。となると、こんどの榎本が殺害された一件の根は綾部にあることになる。

「たしかなことは分からぬが」

と前置きして、筒井が話しだした。

「ちかごろ、幕閣のなかに、ご老中、出羽守《でわのかみ》さまのご政道に異をとなえる者がいてな。その中心人物が、御側衆のひとり、綾部どのであった。……半年ほど前、ご老中に諫言《かんげん》したのを叱られ、みずから病気を理由に隠居を願い出て認められのだが、ひそかに幕閣に金品をくばり、執政の座に復帰せんと、画策しているとの噂があるのだ」

この時、天保《てんぽう》二年(一八三一)、ときの老中首座は水野《みずの》出羽守忠成《ただあきら》で勝手掛《かってがかり》も兼ね、ほぼ幕府の実権を掌握《しょうあく》していた。

松平定信《まつだいらさだのぶ》の寛政の改革をひきついだ松平信明《のぶあきら》の病死後、幕府の実権をにぎった忠成は、田沼時代のような収賄政治を復活させていたが、そうしたやり方に信明を信奉していた綾部が反発したという。

「ですが、隠居された綾部さまが、どう画策しても、もはや幕閣を動かすことなどできぬと存じますが」

隼人には縁のない世界の話だが、隠居した御側衆の力が幕閣を動かすほどのものでないことは分かる。

綾部が隠居したあと、御側衆には二千石の旗本だった仙石左京《せんごくさきょう》が栄進し、綾部家を継いだ倅《せがれ》の金之丞《きんのじょう》は無役で、元の三千石にもどされたと聞いていた。

もはや、綾部治左衛門に御側衆だったころの威勢はないはずである。

「いや、そうともいいきれぬ。おもてむきは出羽守さまに服従しておるが、ひそかに綾部どのに同調し、動いているとの噂のある者もいるのだ」

「どなたでございますか」

「噂でな、たしかなことは言えぬが、御小納戸頭取《おこなんどとうどり》の小浜慶之助《おはまけいのすけ》、御小姓頭取《おこしょうとうどり》の彦坂清兵衛《ひこさかせいべえ》などだ」

「さようでございますか」

隼人は名だけは知っていた。小浜は千五百石、彦坂は八百石の旗本である。それにしても、老中や若年寄などの執政に対抗できるような身分の者ではない。

「小浜や彦坂たちが直接、働きかけるわけではない」

隼人の疑問をくみとったように、筒井が言をそえた。

「おそらく、両名はただの使いであろう。それにな、綾部どのの狙いは、出羽守さまを失脚させようとするようなものではなく、出羽守さまの次に執政の座につかれるようなお方にとりいっておく。それが狙いと見ておるのだが……」

「どなたでございますか」

「浜松藩主《はままつ》、越前守《えちぜんのかみ》さま」

「水野忠邦《ただくに》さま……」

このとき、水野越前守忠邦は、将軍家斉《いえなり》の世子家慶《いえよし》付きの西丸老中の座にあった。

隼人などには、幕閣の内情は分からないが、忠邦が若い実力者で、寺社奉行、大坂城代、京都所司代、西丸老中と着実に昇進していることは知っていた。

「ちかごろ、越前守さまは、さかんに上様やお美代《みよ》の方《かた》さまに高価な品を贈られたり、もてなしの宴を催されたりしてご機嫌をとっておられ、上様のおぼえもことのほかめでたいとのことだ」

お美代の方さまは、将軍家斉の愛妾《あいしょう》である。どうやら、忠邦は賄賂《わいろ》や饗応でさらなる昇進を狙っているようだ。

だが、この時代、己の昇進のための賄賂や饗応は常套《じょうとう》手段で、それだけで罪悪視し糾弾することはできなかった。

市中取締りの任にあたっている与力や同心からして、幕府からの俸禄《ほうろく》だけではやっていけず、諸大名や富商からの「附届《つけとど》け」で、暮らしがなりたっていたのである。

下々《しもじも》の者でさえ、人の家に手ぶらでいくものではない、と言って、なにがしかの贈物を持参することは当然のことだったので、己の昇進のために金品を贈ったり、饗応したりすることもめずらしいことではなかったのだ。

「だが、問題はその金の出どころだ」

言葉をあらためて筒井が言った。

「浜松藩の内証は苦しいと聞く。越前守さまの使われる金の一部は、綾部どのからのものではないかと噂があってな。それで、気になって、榎本に調べさせていたのだ」

「気になると、もうされますと」

「三千石の大身とはいえ、隠居した綾部どのに、それほどの金の都合がつくとは思えぬ」

「いかさま……」

老中が昇進運動のために使う金は、何万両という金額であろう。たとえ、その一部であっても、隠居した旗本に工面がつくはずはない。

「当初は多少の蓄えもあったであろうが、すぐに底をつくはずだ」

「………」

「そのようなおりに、島田屋が襲われ、二千三百両もの大金が奪われた。それが、武士の集団らしいと報らされたとき、あるいは、という気がしてな」

「ですが、綾部さまが、いかになんでも盗賊の金を……」

綾部は大身の旗本である。いかに、昇進のためとはいえ、盗賊をあやつって商家から金を強奪するとは思えない。

「それが、綾部どのの屋敷にうろんな牢人が出入りしているという噂もあってな。念のために榎本に探らせていたのだが、その榎本が島田屋を襲った一味の者と思われる牢人に斬られたとなると、綾部どのの疑念はさらに増すことになろう」

「たしかに……」

隼人は納得した。

「わしが懸念するとおり、その盗賊が綾部どのとかかわりがある者たちであれば、島田屋だけではおさまるまいな」

筒井の顔がけわしくなった。これからも、盗賊一味による凶悪事件はつづくと見ているのだ。

「しかもな、榎本を斬り、そちを襲ったところを見ると、お上《おみ》をまったく恐れぬ者たちのようじゃ」

「…………」

隼人も同感だった。身辺をさぐっていると察知しただけで、むこうから仕掛けてきて南御番所の与力を斬殺したのだ。

「長月、油断いたすなよ。そうとうの手練のようだ」

「お奉行、お上を恐れぬ者たちゆえ、捕《と》るのはむずかしいこともあろうかと」

隼人は視線を落として言った。

「かまわぬ。手に余る者がおれば、斬って捨てよ。……そのために、こたびの探索をそちに命じた」

筒井も、隼人が刃向かってくる罪人を情容赦なく斬り捨てることから鬼隼人と呼ばれていることを知っていた。

ハッ、と平伏して、隼人は座敷から去った。

6

南御番所を出た足で、隼人は本郷《ほんごう》にあると聞いていた綾部の屋敷へむかった。まず、自分の目で屋敷を見、仕えている家士か中間から屋敷内の様子を聞いてみようと思ったのだ。

北に道をとって神田をぬけ、神田川にかかる昌平橋《しょうへいばし》をわたって湯島《ゆしま》にでた。綾部の屋敷は不忍池《しのばずのいけ》の端《はた》から根津権現《ねづごんげん》へむかって二町ほど歩いたところにあった。ちかくに加賀《かが》前田《まえだ》家の上屋敷や水戸《みと》家の中屋敷などがあり、豪壮な武家屋敷のならぶ閑静な土地だった。

屋敷は三千石の旗本にふさわしい長屋門を構え、敷地内では松や欅《けやき》などが鬱蒼《うっそう》と枝葉をしげらせていた。

隼人は屋敷の付近を歩いてみた。だれの目にも八丁堀の者と知れる格好で管轄外の屋敷内に入り、話を聞いてみるわけにはいかなかった。

屋敷からしばらく歩いた根津権現の門前町に、丸富《まるとみ》なる一膳《いちぜん》めし屋があった。まだ、日中なので店内はひっそりしていたが、夕刻になれば、ちかくの屋敷に奉公している中間なども来るのではないかと狙いをつけ、そのまま八丁堀へ帰った。姿を変えて出直すつもりだったのだ。

八丁堀にある組屋敷にもどると、隼人は小者の庄助《しょうすけ》に髪結《かみゆい》を呼びにやった。

縁先で、毎朝顔を出す髪結の登太《とうた》に小銀杏髷《こいちょうまげ》を結いなおさせていると、障子があいて、老母のおつたが顔をだした。

「隼人、また、忍びの御用かえ」

五十路を越えたおつたは、皺《しわ》の多い顔をくもらせた。

隼人は八丁堀の組屋敷に、老母のおつたとふたりだけで住んでいた。父の藤之助《とうのすけ》も隠密廻りの同心だったが、隼人が十七歳のときに死んだ。無頼牢人を十手で捕縛しようとして、斬殺されたのである。

当時、見習として南御番所に出ていた隼人は、そのまま父親の跡を継ぎ、本勤《ほんづとめ》となり、その後、剣の腕を認められて隠密廻りに抜擢《ばってき》されたのである。

隼人がおとなしく縄につかない罪人を斬るようになったのは、父親の死がたぶんに影響していた。

同心は罪人を捕縛するのが任務と、心得ていた父の藤之助は、刃引きの長脇差ですらめったに抜かず、十手と捕り縄だけで罪人にたちむかうことが多かった。

その父親が、隼人の目の前で斬殺されたのである。無惨な死骸《むくろ》だった。腹を薙《な》ぎ斬られた父は臓腑《ぞうふ》をあふれさせ、顔に苦悶の表情をきざんで死んだ。

その後、隼人は父を斬った牢人をおいつめ、抵抗し手に余ったため、と称して、みずからの手で首を刎《は》ねて斬殺した。

そして、本勤となり実際に罪人の捕縛にあたるようになったが、隼人は抵抗する罪人を斬ることに躊躇《ちゅうちょ》しなかった。……斬らねば、己が斬られる。悪党に情けはいらぬとの思いがあったからである。

　という自覚と、

「これが、お勤めですからな」

　隼人は応《こた》えた。

　ふつうの武士のように髷を結いなおすのは、八丁堀同心の身分を隠して探索にあたるためとおつたは知っている。

「また、しばらく家には帰らぬのかえ……」

　おつたは寂しげな顔をした。

「いえ、ときには、家をあけることもあるかもしれませぬが、ふだんのお勤めと同じように家にはもどりますよ」

　隼人が身分を変えて探索にあたるときは、江戸から離れたり、武家屋敷へ中間としてもぐりこんだりするため、家をあけることが多かったのだ。

「それにしても、早く嫁をもらってくれないかね。……孫の顔を見んことには、死んでも死にきれぬぞ」

　これが、おつたの口癖である。隼人と顔を合わせるたびに、嫁をもらえ、孫の顔が見たい、と口をすっぱくして言うのだ。

「こればっかりは、縁ですからな」

隼人はとりあわない。

「前田《まえだ》どののところのおたえさんは、どうかね」

前田は同じ八丁堀に住む南御番所の同心で、おたえは十七になる娘だった。おつたは、この娘が気にいっているらしく、ときどき口にする。色白で気立てのいい娘だったが、隼人には子供のように見えて、嫁にするという実感がわかなかった。

「さて、それでは、着替えるか」

隼人は聞こえないふりをして、ひとつ大きな伸びをすると、後からついてこようとするおつたを制して、奥座敷へはいった。

しばらくして、隼人は薄茶の小袖によれよれの黒袴という貧乏牢人のような身装《みなり》で、兼定だけ差して出てきた。

「なんだえ、その格好は」

おつたがあきれたように言った。

「隠密御用ですからな」

隼人はおつたに、「戸締まりを早くして寝てくださいよ、と言い置いて、住居《すまい》を出た。

木戸門をあけたところへ、庄助が駆け寄って来て、

「旦那、あっしはどうしやす」

と訊いた。

南御番所の行き帰りや捕物のときは、庄助が供につくのだが、今日はどうしていいか判

断がつかなかったようだ。

「おれの代わりに、婆さんの話相手でもしてやってくれ」

そう、言い置くと、隼人は足早に本郷へむかった。


丸富のなかは混《こ》んでいた。

隼人は隅の飯台《はんだい》があいているのを目にすると、そこの空《あ》き樽《だる》に腰を落として酒と肴《さかな》をたのんだ。睨《にら》んだとおり、大工やぼてふりらしい町人にまじって、御仕着《おしき》せの半纏《はんてん》をはおった中間や黒羽織に萌黄地《もえぎじ》の山袴《やまばかま》をはいた門番らしき男が酒を飲んでいた。

隼人はちびちびやりながら、男たちの話に耳をかたむけていた。

飯台をひとつ挟んだ奥の席で、ふたり組の中間が飲んでいたが、話の様子から綾部家に雇われていることが知れた。

しばらく、ふたりの様子をうかがっていたが、わきの空き樽に腰を落としていた大工が立ち上がったのを見て、隼人は腰をあげた。

「つかぬことを、おうかがいいたすが……」

隼人は銚子と杯を両手に持って、大工の座っていた空き樽にどっかりと腰を落とした。

「な、なんでえ」

熟柿《じゅくし》のように顔を染めた男が、驚いたように目を剝いた。

牢人体《てい》とはいえ、武士である。突然、わきに座られたら驚き、警戒するのは当然である。

「いやァ、まことにすまぬ。ちょっと、聞きたいことがござってな。まァ、一献」

隼人は、笑みをうかべておだやかに言った。

「なんです……」

男はおずおずと猪口《ちょこ》さしだす。

「両人は、綾部家にご奉公していると、お見受けしたが」

「へえ、綾部さまにお仕えしておりやすが……」

もうひとりの痩《や》せて、肌の浅黒い男が訝《いぶか》しそうな顔をした。

「いや、ちかごろ綾部さまが、腕のいい牢人を何人か召し抱えられたとの噂を耳にいたしてな。できれば、拙者も仕官したいと思ったしだいなのだが……」

「仕官……」

赤ら顔の男の口元に、うすい嘲笑《ちょうしょう》がういた。どうやら、貧乏牢人が仕官の口でも探していると映ったらしい。

だめ、だめ、と言って、赤ら顔の男は鼻先で手を振った。

「お侍さまは、ご存じねえかもしれねえが、お殿さまは隠居なされたばかりでしてね。……家禄はそのままだが、二千石の御役料がなくなっちまったので、内証は苦しいはずでさァ。仕官など、とんでもねえことで」

男は隼人に顔をよせて、小声で言った。

「そうか。……だが、神道無念流を遣う者の仕官がかなったと聞いたぞ」

隼人は奉行から聞いた神道無念流の名を出してみた。

「何かのまちがいでさァ。……お役を引いてから殿さまは伏せったままで、ちかごろは屋敷から出ることもないんですぜ」

瘦せた男が、わきから口をだした。

「ご病気か」

隼人は意外な気がした。病気は口実だと頭から決めつけていたのだ。

「疝気《せんき》だそうでさァ。だいぶ、重いようですぜ……」

瘦せた男は急に顔をしかめて、冷えた酒を一気に飲みほした。

まァ。飲んでくれ、と隼人は言って、手にした銚子でからになった猪口についでやりながら、

「だが、来客とはお会いするのであろう」

と訊いた。おそらく、仮病だろうと隼人は思った。もし、何らかのかたちで夜盗とかかわっているなら、病気を口実に身をひそめていた方が都合がよいはずなのだ。

「そりゃァ、お会いすることもあるでしょうな。……ですが、お侍さま、仕官などとうてい無理な相談ですぜ」

瘦せた男は、猪口を手にしたまま眉をひそめた。

「神道無念流の者が、屋敷に出入りしていると聞いたのだがなァ」

隼人は腑《ふ》に落ちないといった顔をした。

「そりゃァ、来ることもあるでしょうよ。殿さまは、むかし剣術道場に通われ、ご自分でもだいぶ遣われたそうですから」

「ほう、綾部さまが剣術をな」

綾部は神道無念流の道場に通ったのではないかと思い、確かめてみると、そこまでは知らないとのことだった。

「いやァ、いらぬ手間をとらせた。仕官の儀、あきらめるよりほかなさそうだ」

そう言い置くと、隼人は銚子と杯を持って中間の席から離れた。

7

隼人が玄関を出ようとすると、ちょうど木戸を押して庭に入ってくる鉤縄の八吉の姿が目に入った。

「旦那、ちょいと、お耳に入れておきたいことが」

八吉は隼人に身を寄せて小声で言った。どうやら何かつかんできたようだ。

「歩きながら話そう」

隼人はこれから九段坂下《くだんさかした》にある神道無念流の斉藤弥九郎《さいとうやくろう》の練兵館《れんぺいかん》にいくつもりだった。

神道無念流は江戸でも盛んな流派で、とくに神田《かんだ》猿楽《さるがく》町にある岡田十松《おかだじゅうまつ》の撃剣館《げきけんかん》が有名で多くの門弟を集めていたが、十松の死後、この道場の師範代だった斉藤が独立して九段坂下のまないた橋ちかくに建てたのが練兵館である。

この練兵館は、鏡新明知流《きょうしんめいちりゅう》の桃井春蔵《もものいはるぞう》の士学館《しがくかん》、北辰一刀流《ほくしんいっとうりゅう》の千葉《ちば》周作《しゅうさく》の玄武館《げんぶかん》と並び称され、江戸の三大道場のひとつに数えられるほどになっていた。

神道無念流の門弟のことを聞くなら斉藤のほかない、と隼人は思い、練兵館に足をむけたのである。

すでに五ツ（午前八時）を過ぎ、日本橋界隈《かいわい》は大勢の人出でにぎわっていた。ふたりは日本橋を渡り、外堀沿いの道を田安《たやす》御門《ごもん》の方へむかった。

「耳に入れておきたいこととはなんだ」

神田に入り、町屋のつづく通りで隼人が訊いた。

「へい、島田屋のことですが、ちょいと気になることがありやして」

「気になるとは」

「女中のお浜なんですがね。こいつの行方が知れねえんで」

「ほう……。いつからだい」

隼人は、一度お浜に会って事情を聞いていた。

十八になるお浜は色白でほっそりしており、女中にしておくのは惜しいような美形だった。隼人の問いに、怯えながら消え入りそうな声で答えたのを覚えている。

「押し込みのあった後、十日ほどして姿が消えちまったんで……」

お浜は、その後、島田屋にも長屋にも姿を見せないという。

「妙だな」

「それに、もうひとつ、お浜が見慣れない上物の簪《かんざし》を挿《さ》していたらしんで」

八吉の話だと、蛇《じゃ》の目《め》傘《がさ》の細工を施した銀簪を挿しているのを長屋の者が見たという。

「お浜のような女中には、手の出ねえような上物だそうでしてね」

八吉は、十手を左手でしごくように撫ぜた。

「だれかに、貰《もら》ったのだろう」

「男でしょうな」

「お浜が、こんどの押し込みとつながっているかもしれんな」

「あっしもそう思いやす」

「よし、おめえは、お浜の行方をなんとしてもつきとめろ」

「へい」

八吉は手にした十手を腰に差しなおすと、きびすを返して遠ざかっていった。


練兵館から、甲高い気合《きあい》や竹刀《しない》を打ち合う音などが聞こえてきた。間口《まぐち》が五間《けん》ほどはあろうか、玄関を備えた立派な道場である。

……遣い手もおおいようだ。

隼人ほどの腕になると、門弟の発する気合や床を踏む音、竹刀のはじき合う音などで、ある程度の道場の水準がわかる。練達《れんたつ》の者は、腹にひびくような鋭い気合を発するし、床を踏む音も、ターン、という乾いたひびきがする。

隼人が玄関先に立つと、すぐに若い門弟らしき男が姿を見せ、

「何用でござる」

と、警戒するような目をむけた。

「拙者、直心影流の長月隼人と申す者、斉藤弥九郎どのにお目にかかりたい」

隼人はおだやかな声で言った。

「一手ご指南を」とか、「手合わせを所望《しよもう》」と言わなかったので、他流試合とは思わないはずだ。

それに、この日は牢人ふうではなく、御家人か大名の家臣と見える黒羽織に縦縞《たてじま》の袴姿だったので、無下《むげ》に断らないはずである。

「しばし、お待ちくだされ」

すぐに、門弟は奥にひっこんだ。

連れて来たのは、三十歳半ばと思われる肩幅のひろいがっちりした体軀《たいく》の男だった。鼻梁高く彫りの深い顔だちで、双眸が刺すようにするどい。

隼人は男の羽織の袖口から出ている手を見た。太い手首、竹刀だこでかたまった掌《て》、長年はげしい稽古《けいこ》を積んだ者の手である。隼人はこの男が道場主の斉藤であろう、と見てとった。

「直心影流の長月どのと申されると、団野道場におられた方かな」

男が訊いた。意外にやわらかな声である。

「いかにも。……斉藤どのでござろうか」

「さよう。斉藤弥九郎にござる。して、長月どのは、剣術の手合わせにおいでかな」

「いや、今日は、すこしばかりお訊きしたいことがあってまいった」

「すると、御番所の御用で」

斉藤は訝しそうな顔をした。

どうやら、隼人が南御番所の同心をしていることは知っているらしい。

「当道場というより、神道無念流のことで、少々」

「さようか。まァ、お上がりくだされ」

斉藤は隼人を招じ入れた。

道場のつづきに奥座敷があり、隼人が座ると、斉藤は庭に面した障子をあけて、

「少しは風がはいりますかな」

と言って、対座した。

庭には、炙《あぶ》るような夏の強い陽射しが照っていたが、風は思いのほか涼しかった。松や欅《けやき》の深緑のなかをぬけてくるせいかもしれない。汗ばんだ肌を、涼風がここちよく撫せていく。

道場では、まだ稽古がつづいているらしく、風のなかに気合や竹刀の音などが濃縮されたように聞こえてきた。

「さて、御用をうけたまわりましょうか」

斉藤があらためて訊いた。

「斉藤どのは、本郷の綾部治左衛門さまをご存じであろうか」

隼人はすぐに名をだした。

「御側衆であられた綾部さまでござろうか」

「いかにも」

「さて、お名前は存じておるが、お会いしたことはござらぬ」

斉藤には意外な人物だったらしく、なぜ、拙者に、といった顔をして隼人を見つめた。

「綾部さまはお若いころ剣術道場に通われていたらしいのだが、神道無念流ではなかったかと推量いたし、あるいは斉藤どのがご存じではないかと」

すでに、綾部は五十路を越えているはずである。かりに、綾部が神道無念流の道場に通っていたとしても、ずいぶん昔のことだろうと思った。

「わが門に……」

斉藤は過去に思いをめぐらすように視線を空でとめていたが、オオッ、と言って、膝をたたいた。

「聞いたことがござる。たしか、猿楽町の岡田先生のところへ通われていたことがあるとか。……ただ、二十年ちかくも前のことだそうで、その当時、拙者は、まだ撃剣館の門もたたいてはおらぬゆえ、話に聞いただけのことだが」

「やはり、綾部どのは神道無念流を……」

隼人は、すくなくとも綾部と神道無念流のつながりはある、とにらんだ。

「斉藤どの、神道無念流の門人で、本郷の綾部邸に出入りしている者をご存じあるまいか。むろん、当道場以外の者であるかもしれぬが」

猿楽町の撃剣館も二代目十松が道場を継いでいたし、麴町《こうじまち》には岡田の高弟だった鈴木斧《すずきふ》八郎《はちろう》の道場もあった。いずれも、神道無念流の道場で門弟数も多い。したがって、練兵館以外の門人の可能性も強いのだ
「いや、知らぬ」

斉藤は首を振ったが、ただし、と言って、

「もし、綾部さまと親交のある者がいるとすれば、撃剣館の古い門弟であろうな」

と言い添えた。

隼人もその可能性が強いと思った。斉藤が知らぬということは、最近の結びつきではないということであろう。斉藤が撃剣館の門をたたく以前に、綾部と親交のあった者かもしれない。

斉藤の師である岡田十松が生きていれば聞けるが、十年以上も前に死んでいる。現在、撃剣館は二代目十松が継いでいるが、斉藤以上に当時のことは分からないであろう。

「しからば、少々、検分していただきたいことがござる」

隼人は立ち上がり、木刀を一振りお貸しいただきたいが、と言った。

斉藤は怪訝《けげん》な顔をしながら、

「ここでよろしいのか」

と訊いた。木刀を遣うなら、道場の方がよいと思ったのだろう。

「けっこうでござる」

「さようか」

斉藤は、すぐに立って道場へ足を運び、木刀を二振り手にしてもどってきた。

「されば、御覧くだされい」

隼人は、すこし退《ひ》いて間を取り、切っ先を斉藤にむけて平青眼に構えた。

大川端で、黒覆面の武士がとった構えである。

ふいに、斉藤の双眸がひかり、猛禽のように鋭くなった。これが、神道無念流の精妙を会得した剣客の顔なのであろう。息をつめて、隼人の構えを見つめている。

隼人は全身にはげしい気勢をこめ、架空の相手を気で攻めながら、切っ先で円を描くようにまわしはじめた。

それを見つめた斉藤の顔にハッとした表情がうかび、

「その構え、直心影流のものではござらぬな」

と強い口調で言った。

「いかにも」

隼人は切っ先を落とし、体から気をぬくと、

「神道無念流の構えでござろう」

と、斉藤を直視して言った。

「うむ……。何者が、その構えをとった」

斉藤が質した。

「拙者が追っている者でござる」

「ほう……」

斉藤の目がひかった。

「斉藤どの、その者の名が知りたい。そのため、当道場にまいったのでござる」

隼人は斉藤の前に座りなおした。

「拙者にも何者かは、分からぬ。だが、わが流の者であることはたしかなようだ」

斉藤は神道無念流にひそかに伝わる秘太刀で、一部の高弟にしか伝授されていない真剣勝負のための必殺剣だと言った。

「光輪《こうりん》の剣《けん》という」

「光輪の剣……！」

斉藤はけわしい顔で隼人を睨むと、

「拙者も、これ以上、門外の者に語るわけにはまいらぬ。長月どの、お引きとりくだされい」

そう言って、立ち上がった。

その立ち姿には、一流の頂点に立つ者の峻厳《しゅんげん》さがあった。

第二章　兇賊

1

日本橋、箱崎町《はこざきちょう》。この町は日本橋川の東岸にあり、大川にかかる永代橋《えいたいばし》からもちかい。このあたりは、大川、中川、利根川《とねがわ》などにつながる水運にめぐまれているため、舟運《しゅううん》を利用した船問屋が川岸に軒をならべている。

その日本橋川の川岸の一角に、津田屋《つだや》という船問屋の大店《おおだな》があった。岸辺には津田屋専用の桟橋《さんばし》があり、正面に土蔵造りの大きな母屋《おもや》が建っていた。二階建ての一階は店舗で、船荷を運びこむための広い土間と帳場《ちょうば》、台所、それに奥座敷が番頭や手代《てだい》などの奉公人の部屋になっていた。

二階が主人と家族のための部屋である。

その母屋の両脇には、船荷をしまう土蔵が幾棟も建っていた。津田屋は武蔵《むさし》一帯の米、房総方面からの塩肴類《しおざかなるい》、干鰯《ほしか》などを主にあつかっているため、そうした船荷を一時的に貯蔵する土蔵が必要だったのである。

子《ね》ノ刻《こく》（午前零時）すぎ、津田屋の母屋から洩《も》れてくる灯《ひ》もなく、辺りはひっそりと寝静まっていた。空に薄雲があるのか、ほのかに霞《かす》んだ月の淡いひかりが、川面をかすかに青白くうかびあがらせている。

日中、房総方面から塩漬けの魚貝類が荷揚げされ、川風のなかに生臭いにおいがただよっていた。汀《みぎわ》に寄せるさざ波の音と、舫い杭につながれた猪牙舟《ちょきぶね》や艀《はしけ》が舟縁《ふなべり》をこすり合う低い音が、静かな川の寝息のように聞こえてくる。

ギシギシと櫓音《ろおと》がした。

見ると、猪牙舟が大川の方から上ってくる。二艘《そう》、数人の黒装束《くろしょうぞく》の男たちが乗っていた。いずれも黒覆面で顔を隠しているが、武士らしく、黒っぽい小袖の両袖を襷《たすき》でしぼり、袴の股《もも》だちをとっている。

二艘の舟が水押《みお》しを舫ってある猪牙舟の間につっこむと、男たちは次々に桟橋におりたった。総勢六人、桟橋からつづく低い石段を一気に駆けあがると、津田屋の母屋の前に立った。

どうやら、夜盗らしい。

そのとき、母屋にちかい土蔵の陰から、人影が走り出た。手ぬぐいで頰《ほ》っかぶりしているが、町人らしく尻《しり》っ端《ぱしょ》折りした着物から、白い脛《すね》が夜闇に浮かびあがったように見えていた。

「どうだ、手筈《てはず》どおりか」

武士集団のなかほどにいた男が、低い声で訊いた。大柄な男で、覆面の間から出た双眸が猛禽のように鋭い。

　この男、隼人を襲った武士のようだ。

「へい、お指図どおりに……」

　町人らしい男が腰をかがめて答えた。

「よし、おまえは消えろ。この一件とのかかわりないと心いたせ」

「へい、それじゃァ、あっしはこれで」

　そう言うと、男ははねるような足取りで、津田屋の前から姿をけした。

「いくぞ」

　大柄な男が小声で指示した。どうやら、この男が一味の首領らしい。

　六人が母屋の板戸の前に身を寄せると、ひとりが石を打って、持参した龕灯《がんどう》に火をいれた。火は三つの龕灯に移され、母屋の前の澱《よど》んだような濃い闇に、三つの丸い明りがくっきりと浮かびあがった。龕灯を持ったひとりが、その明りで閉めきった雨戸をなぜるように照らすと、

「くぐり戸はあれだ」

　そう小声で言い、隅のくぐり戸に走り寄って引いた。

　すると、くぐり戸は何の抵抗もなくスッとあいた。

　そのくぐり戸から吸い込まれるように、六人の賊は次々と母屋の中にきえていく。

　中は真っ暗である。三つの龕灯が、探るように闇を照らす。広い土間に木箱や叺《かます》などが

積んであり、生臭い臭いがただよっていた。

土間を上がった先が帳場で、帳場格子《ちょうばごうし》のなかには銭箱らしきものが置いてあり、壁にはいくつも大福帳がぶらさがっていた。

「奥だ」

首領らしき男が指示すると、五人は足音を忍ばせて奥座敷の方へむかった。

帳場の先の廊下の左右が座敷になっていて、奉公人が眠っているらしく、寝息や夜具の動く音などが聞こえてきた。

「騒がれては面倒だ、始末しろ」

首領らしき男の指示に無言でうなずいた四人が、人の気配のするふたつの部屋に障子をあけて侵入した。

後に残ったのはふたり。首領らしき男と、長身痩軀《ちょうしんそうく》の武士である。ふたりはまっすぐ奥へ進む。

奥へ進むふたりの背に、夜具をはねのける音、骨肉を断つにぶい音、くぐもったような呻《うめ》き声などが聞こえてきた。どうやら部屋に侵入した男たちが、寝込んでいる奉公人たちを斬殺しているらしい。

「ここだ」

首領らしき男が奥座敷の障子をあけた。

座敷を照らした龕灯の明りのなかに夜具が見え、搔巻《かいまき》をはねのけて起き上がろうとする男の姿を照らしだした。

首領らしき男がすばやく飛び込み、男の寝衣《ねまき》の襟首《えりくび》をつかんで首筋に刀身をあてた。

「声をだすな！　そのまま、喉を引き斬るぞ」

男は恫喝《どうかつ》するように言った。

襟首をつかまれた男は、瘧慄《おこりぶるい》のように激しく身を顫《ふる》わせた。髷《まげ》はみだれ寝衣はだらしなくはだけて、恐怖に目を攣《つ》りあげている。

「番頭の勢吉《せいきち》であろう」

首領らしき男が質《ただ》した。

「お、お助けを……」

襟首をつかまれた男は、震える両手を顔で拝むように合わせた。

「おとなしくすれば、痛い目をみずともすむ。番頭の勢吉だな」

「へ、へい……」

「奥の土蔵の鍵は」

「だ、旦那さまが……」

「もうひとつ、あろう」

首領らしき男の言葉に、勢吉は一瞬驚いたような顔をしたが、帳場に、と言って、また拝むように手を合わせた。

「立て、鍵を持ってきてもらう」

首領らしき男はそう言うと、勢吉の首筋に刀身をあてたまま帳場に引き返したが、鍵を手にしてもどってきた。

その間に、奉公人たちの斬殺を終えたらしく、ひとりふたりと血刀をひっさげて奥座敷へ姿をあらわした。

夜気のなかに血なまぐさい臭いがただよっている。

「勢吉、いっしょに来てもらおうか」

六人そろったところで、勢吉をひきたてるようにしてさらに奥へすすんだ。廊下のつきあたりを右手にまがったところに、土蔵のような乳鋲《ちびょう》を打った厚い引き戸がついていた。内蔵《うちぐら》のようである。

首領らしき男が手にした鍵で錠前をあけると、すぐにそばにいた男が龕灯の明りで中を照らした。

「千両箱が四つ、それに、銭箱もありますぜ」

ひとりが昂《たか》ぶった声で言った。

そのとき、長身瘦軀の武士が、ぐいと勢吉の前にすすみでた。

「番頭、おまえの仕事はすんだようだな」

いいざま、武士は抜刀した。

ヒェッ、と喉の裂けるような悲鳴をあげ、逃げようとする勢吉の首筋に、剛刀が一閃《いっせん》した。

ふいに、黒い頭がはじき飛ばされたように夜陰に飛び、土壁に当たって廊下に転がった。勢吉の首根から音をたてて血飛沫《ちしぶき》が噴出し、土壁や廊下を赤い驟雨《しゅうう》のように染めながら、首のない体がくずれるように倒れた。

2

「あいつだな」

隼人は、かがみこんで検死している天野の肩口から、内蔵の前に横たわっている首のない死骸《むくろ》に目を落としていた。

凄惨《せいさん》な死骸である。背後からの一太刀で、首を刎《は》ねていた。血が床や壁をどす黒く染めている。

首筋から袈裟に斬り落とす太刀筋ではないが、その剛剣の主は大川端で隼人を襲った武士かあるいは同じ太刀を遣う者にちがいないと思った。

「番頭に、蔵の鍵をあけさせたな」

天野はいまいましそうに言った。

「いずれも、そうとうに剣を遣う。島田屋を襲ったのと、同じ賊だな」

隼人は小声で言った。

すでに、隼人は帳場の奥にあるふたつの座敷の殺戮《さつりく》の凄惨な現場を見てきていた。手代が四人、丁稚が三人、それに住込みの女中がふたり斬り殺されていた。

眠ったまま殺《や》られたのであろう、夜具の上から胸を突かれている者もいたが、首筋から袈裟に斬り落とす太刀筋で殺されている者がおおかった。その太刀筋は、島田屋のそれとほぼ同じである。

「ですが、今度は店のあるじや家族の者が助かってるので、事情が聞けますよ」

そう言うと、天野は立ち上がった。

隼人より十歳も若い天野は、先輩同心である隼人には、ていねいな言葉遣いをした。

すでに、津田屋には天野のほかに同じ定廻り同心の柏崎も来ていた。ふたりの同心に同行した小者や中間、それに岡っ引きや下っ引きなど、総勢十四、五人が、店内や屋敷周辺に散って調べたり、付近の住人から昨夜の様子を聞いたりしている。

津田屋の主人久兵衛《きゅうべえ》は、柏崎と連れだって内蔵のなかに入り被害の様子を確認したあと、帳場の方へまわっているはずだった。

隼人は天野といっしょに帳場の方へいってみた。

現場の検分や店の者などの事情聴取は定廻りの者にまかせ、隼人は聞き役にまわるつもりでいた。

久兵衛は柏崎につきそわれ、憔悴しきった顔で帳場格子の奥の銭箱を確認していた。

四十前後だろうか。恰幅《かっぷく》のいい大柄な男だったが、顔は蒼《あお》ざめ、体が小刻みに顫《ふる》えている。

「どうやら、帳場の金には手をつけてねえようだぜ」

柏崎が隼人と天野に身を寄せて言った。

銭箱のなかには、一分金、豆板銀《まめいたぎん》、一文銭などが雑多に二十両ほどはいっていたが、手をつけた様子はないという。

「内蔵の千両箱だけを狙いやがった」

柏崎の話だと、千両箱が四つ運び出され、他の物にはいっさい手をつけていないという。賊の狙ったのは、大金だけで、小銭や足のつきやすい品物には目もくれなかったということらしい。

「久兵衛、もう一度くわしく昨夜の様子を聞かせてもらおうか」

天野が言った。

南御番所から駆け付けてきたとき、およその事情を聞いていたが、ひととおり検死がすみ、被害の様子も知れたので、くわしい聴取にかかろうと思ったらしい。

柏崎は、おれは女房に聞いてみるぜ、と言って、その場を離れていった。久兵衛の女房のお富《とみ》も助かって二階にいたのだ。

「賊が押し込んだのは、子ノ刻過ぎだと言ってたな」

「は、はい……。四ッすぎに二階に上がりましたので、その見当かと……」

久兵衛は自信のなさそうな顔をした。深夜であるから、時刻をはっきりさせるのはむずかしいのであろう。

「まあ、いい。それで、下の物音で目がさめたということだな」

「はい、何か壁にかたいものの当たるような音が、階段下で聞こえたもので」

久兵衛は、そのときの様子をあらためて天野と隼人に話した。

物音に気付いた久兵衛は、脇に寝ていたお富を起こすのはかわいそうだと思い、障子だけあけて階段下に聞き耳をたてた。

すると、大勢の足音、障子をあける音、くぐもったような呻き声などが聞こえてきたという。

「押し込みだと気付き、わたしは頭から冷や水をかけられたようにゾッとしました。……歯の根もあわぬほど体が顫《ふる》えだして、何をすればいいのか、頭のなかが真っ白になりました。ですが、そのとき、小網町の島田屋さんのことが頭をよぎったのです。……押し込みに気付かれたら助からないと……」

久兵衛は言いながら、また激しく顫えだした。両腕で自分の体を抱くようにして、とぎれとぎれに話した。

「あ、あたしは、そばにいるお富を起こし、声をだすな、と言いました。お富も、すぐに押し込みだと気付いたようで、顫えながら、逃げようと言いましたが、下へ行かなければおもてに出られません。それで、となりの部屋に寝ている徳太郎《とくたろう》とお菊《きく》のふたりを連れて、物置に隠れることにしたのです」

徳太郎は七つになる長男で、お菊は五つの長女だという。

二階の部屋は座敷が四つあり、一番奥が着物類や家具などのしまってある物置になっているとのことで、そこへ四人は逃げ込んだようだ。

「それで、どうしたい」

天野が先をうながした。

「はい、とにかく、見つかったら命がないと思い、親子四人、ただ息を殺して凝《じっ》としておりました」

久兵衛は板戸の隙間からさしこむ薄明りで夜があけたことを知り、物置から出て階下の惨状を目の当《ま》たりにしたという。

「その後は、大声で助けをよびました。すぐに、長屋にいる船頭や下働きの者が駆け付け、番屋にも走ってくれました」

抱えの船頭と下働きの男が五人ほど、土蔵の裏の長屋に住み込んでいるという。

「それで、番屋から南番所の方へ飛んできたんだな」

番屋の家主からの火急の報《し》らせで、隼人たちは津田屋に駆け付けたのだ。

「久兵衛」

黙って聞き役にまわっていた隼人が、はじめて声をかけた。

「は、はい」

「板戸を破った様子もねえし、おめえも、大きな音は聞いてねえんだろう」

「はい……」

「賊はどこから入ったんだい」

「わたしが、二階から降りてきたとき、おもてのくぐり戸があいてましたんで、そこからだと存じますが……」

「戸締まりを忘れたのかい」

「い、いえ、そのようなことはございません。昨日は、銚子《ちょうし》から干鰯《ほしか》が大量に入りましたので、あたしも二階へあがる前に見ております。たしかに、くぐり戸の心張り棒もかかっておりました」

久兵衛は断言した。

「そいつは妙だな」

隼人は内蔵の前の死骸を見る前に、土間のまわりの戸の様子や一階で殺された者たちの部屋を見ていた。

久兵衛の言うように、くぐり戸以外の場所から侵入した形跡はなかったし、心張り棒も鉄鉤の中に嵌《は》め込む頑丈な物で、外からたたいたり揺すったりしてもはずれるようなことはなさそうだった。

「……とすれば、中にいた者が手引きしたってことになるぜ」

隼人が訊いた。

「そ、そのようなことは………。旦那、家の中にいた者で助かったのは、あたしと女房のお富、それに倅《せがれ》の徳太郎と娘のお菊だけなんですよ」

久兵衛は声を震わせて、そんなことはありえない、と言いたした。

「それじゃァ、どうやってあけたんだい」

「わ、わたしには分かりませんが、あるいは、下にいた者が何かの用で外に出て、締め忘れたのかもしれません」

「うむ……」

そのようなこともあろうが、偶然その戸から賊が侵入したというのはうなずけなかった。だが、隼人はそれ以上追及しなかった。久兵衛がみずから戸をあけたと考えられなかったし、女房や子供がやったとも思えなかったからだ。

「すこし、店のまわりを調べてみるぜ」

隼人はそう天野に言って、土間から外へ出た。

3

隼人は店舗になっている母屋から日本橋川の岸辺に来た。すぐ前が船荷を揚げる桟橋になっていて、数艘の猪牙舟や艀《はしけ》が揺れているのが見えた。

日本橋川からは、すぐに大川へ出ることができ、そこから先は川や堀で縦横につながっている江戸の各地へ舟のまま行くことが可能である。

……どうやら、舟で来て舟で去ったようだ。

舟を使えば町木戸を通らずにすむし、千両箱を運ぶにも人目につかずにすむ。隼人は、小網町の島田屋も日本橋川の岸辺に位置していたことを思いだした。どうやら、賊は舟で乗り付けられる大店を狙っているようだ。

「旦那、やっぱり来てやしたね」

背後から声をかけられ、振り返ると、八吉が立っていた。ひとりではなく、脇に若い男がふたりいた。八吉が使っている下っ引きの利助と三郎である。ふたりは、隼人が振り返ると、ぺこりと頭をさげた。

「どうだ、何かつかんだか」

隼人が訊いた。

「へい、ひとつだけ、ひっかかりやした」

「早《はえ》えな、何だい」

「お清《きよ》ってえ、女中がひとり消えてるんで」

「ほう……」

隼人の目がひかった。

八吉の話だと、津田屋の者のなかで助かったのは久兵衛の家族と裏の長屋《ながや》に住んでいた船頭と下働きの者、それに、通いの女中がふたりいるという。

ふたりの女中は十八になるお清と三十八のおよしで、箱崎町の隣町になる新堀《しんぼり》町の勘兵《かんべ》衛《え》長屋に住んでいるとのことだった。

「念のため、ふたりの住んでる長屋に、それぞれ利助と三郎を走らせましてね。さきほど、もどって来やして、お清だけ昨夜からもどっていねえというんで」

およしの方は長屋にいたが、お清は昨夜からもどらず、家の者が津田屋に問いあわせてみようと話しているところへ、利助がいって賊に襲われたことを知ったという。

「今までも、家にもどらねえようなことがあったのかい」

隼人が利助に訊いた。

「そんなことはねえそうで」

「親はなにをしている」

「お清は、青物を売り歩いてる仙造《せんぞう》ってえぼてふりの娘ですが、気立てがいいうえに、近所でも評判の器量よしだそうでして」

肥満体で赤ら顔の利助は、顔を真っ赤にして早口に喋《しゃべ》った。

「八吉、島田屋でも、お浜という若い器量よしの娘がいなくなってたな」

「へい」

「偶然とは思えねえな」

「あっしも気になりやして」

「それで、お浜のことで何か知れたかい」

隼人は八吉にお浜の行方を探るよう指示していた。

「それが、かいもく……。まるで、神隠しにであったように消えちまったんで」

「妙だな。それで、押し込み一味とつながるようなことは、何もでてこねえのかい」

「へい、島田屋が押し込みにあう前、お浜が若い男といっしょに歩いてるのを見たってえやつはいるんですが、身装《みなり》は店者《たなもの》のようでしてね。……侍とのつながりはまったく出てこねえんで」

「店者な……。八吉、念のため、そいつを洗いだしてみろ。一味かどうかはともかく、お浜の行方を知ってるかもしれねえ」

「そのつもりでいやすので、そのうち尻尾《しっぽ》つかみますぜ」

「頼むぜ」

隼人はそう言うと、小者の庄助を連れて津田屋を出た。

すこし気になることがあり、自分で確かめるつもりで新堀町の勘兵衛長屋に足をむけたのだ。

長屋には、仙造とお峰《みね》という女房が不安げな顔で上がり框《がまち》に腰を落としていた。娘のことが心配で、青物売りにも出かけられないらしい。

「ごめんよ」

隼人は、開いたままの腰高障子《こしだかじょうじ》の前に立って声をかけた。

「こ、これは八丁堀の旦那」

ふたりは、びっくりしたように腰をあげて外へ出てきた。

隼人は小銀杏髷《こいちょうまげ》ではなかったが、三つ紋黒羽織に黄八丈《きはちじょう》の着流しという八丁堀ふうの身《み》装《なり》だったので、番所の同心とすぐに知れたようだ。

隼人は、お清の奉公の様子や人付き合いなどをひととおり聴取したあと、

「ところで、お清には、いいかわしたような男はいなかったのかい」

と、訊いてみた。

十八になる近所でも評判の器量よしとなれば、浮いた話のひとつやふたつあってもおかしくはない。

「それが、決まった話はねえんで。ただ……」

仙造が不安そうな顔を隼人にむけた。何か気になっていることがあるらしい。

「どうしたい、とっつァん」

「へえ……。お清のやつ、三日前《めえ》、見なれねえ上物の櫛《くし》を挿してやがったんで」

仙造がそう言うと、あたしらには手の出ねえような上物なんですよ、とお峰が震え声で言いそえた。

「櫛だと……」

お浜が上物の簪を挿していた、と八吉が言っていたのを思いだした。

「貝殻で梅の花の模様のはいった櫛なんで」

「ほう……」

螺鈿《らでん》の櫛らしい。女中奉公の若い娘が、自分の金で買い求められるような品ではないようだ。

「その櫛について、お清は何かいってなかったのかい」

隼人が訊いた。

「あたしが聞いたんだけど、お清は、あの人にもらったと言っただけで……」

そう言って、お峰が泣きだしそうな顔をした。

「あの人か……。どうやら、思いを寄せていた男がいたようだが、そいつに心当たりはねえのかい」

「それが、まったく……」

仙吉とお峰がそろって首をふった。

「まァ、あんまり気をもまねえで、待ってるんだな。お清が帰ってきたら、番屋にでも知らせてくんな」

そう言いおいて、隼人は長屋を出た。

……ふたりの娘は、どこへいっちまったんだい。

隼人はふたりが、男に騙《だま》されて押し入る手引きをしたのではないかと思ったが、それだけではないような気もした。ふたりとも十七、八の美人で、姿を消したままというのも気になった。

その日の夕方、南御番所にもどった隼人は、天野をつかまえて訊いてみた。

「天野、ちかごろ、若い娘がかどわかされたというような話はねえかい」

「長月さん、やぶからぼうに何でそんなことを」

天野は怪訝な顔をした。

津田屋の一件で一日中歩きまわったのだろう、天野の顔には疲労の色が濃かった。

「なに、こんどの事件《やま》には、若い娘がかかわってるような気がしたのよ」

隼人はお浜とお清のことを、かいつまんで天野に話した。

「そういえば、ここ三月ほどの間に二件、若い娘が姿を消したという事件がありましたが」

天野の話によると、ひとりは日本橋富沢《とみざわ》町に住む大工の娘でおとよ、もうひとりは内神《うちかん》田鍋《だなべ》町の八百屋の娘でお玉《たま》、ふたりとも姿を消したままだという。

「おとよは、近くの稲荷《いなり》にお参りにでかけたまま帰らなかったようです。近所の者は、神隠しにあったと噂していますが。……お玉の方は、両親《ふたおや》に内緒で密会してた男がいたらしいので、駆け落ちではないかと見てます。念のため、ふたりとも手先の者に探らさせていますが、そのままでして」

天野が申し訳なさそうに言った。その後、島田屋の事件がおこり、娘の失踪事件などにかかわっている余裕がなかったということなのだろう。

「ふたりの歳《とし》は」

隼人が訊いた。

「たしか、おとよが十六、お玉は十七だったと……」

「ふたりとも器量よしじゃァなかったかい」

「はい、近所の者の話では、ふたりともなかなかの美人だったとのことです」

「簪とか、櫛とかの話はでなかったかい」

「いや、とくに……」

天野は怪訝な顔をした。

「そうかい……。ともかく、いなくなった娘をたぐってみる必要はありそうだぜ」

そう言って立ち上がり、用部屋から出ていこうとする隼人を、天野が呼びとめた。何か思い出したらしい。

「長月さん、そういえば、お玉がいなくなる前に、見なれぬ簪を持ってたと、母親が言ってましたが」

立ち上がって、天野が近寄ってきた。

「簪か……」

「簪が、何か」

天野が訊いた。

「天野、ふたりの娘も、こんどの押し込みと何かつながりがあるぜ」

そう言い置いて、隼人は用部屋から出ていった。

4

隼人はいなくなった娘たちが、今度の事件とかかわっているとみていた。

そして、娘たちの行方をつきとめる鍵は、櫛や簪ではないかと思っていた。高価な品で、娘たちの自由になる金では買えそうもない。となれば、何かの代償に大金を得たか、あるいは男に買ってもらったかである。

櫛や簪を商うのは小間物屋《こまものや》である。小間物屋をあたれば何かでてくるだろうと思い、隼人は手先の八吉を使って、いなくなった娘たちの行動範囲と思われる日本橋、神田、両国などの小間物屋を調べさせた。

だが、いなくなった娘たちとかかわりのあるようなことは何もでてこなかった。それらしい簪や櫛を買い求めた男もうかんでこない。

……店ではないな。

隼人は得意先をまわる小間物売りではないかと思った。

女相手に、櫛、簪、こうがい、紅《べに》、白粉《おしろい》などをあつかう小間物屋は、大風呂敷に小間物を入れた浅い引き出しを幾段も積んでつつみ、それを背負って得意先を売り歩く者がおおかった。

隼人は娘たちの奉公先を、まわっている小間物売りではないかと見当をつけた。

八吉に話すと、すぐにそれらしい男をつかんできた。

朝方、八丁堀の住居へ顔を出した八吉は、

「彦造《ひこぞう》ってえ、若い小間物屋が島田屋と津田屋の女中たちを相手に台所へ顔を出していたようなんで」

と報らせた。

「どんな男だい」

「いい男で、女たちからお役者《やくしゃ》の彦造《ひこぞう》と呼ばれてたらしいんで」

「ほう、……それで、そいつに会ったのかい」

「それが、姿を消しちまったんで」

八吉は彦造の住んでいるという浅草三好《みよし》町の長屋にいってみたが、留守だったという。近所の者に聞いてみると、彦造はひとり住まいで、ここ十日ほど長屋には帰っていないとのことだった。

「そいつだな。きっと、彦造が消えた娘たちの行方を知ってるぜ」

隼人は、彦造が娘たちの失踪にかかわっていると確信したが、長屋から姿が消えた、という八吉の言葉がひっかかった。

……消えた娘たちと同じではあるまいか。

そんな思いが、隼人の脳裏をよぎったのである。

「八吉、念のため、べつの娘の身辺を洗ってみろ。あるいは彦造の隠れてる場所が知れるかもしれねえ」

隼人は天野から聞いたおとよとお玉のことを話した。

「承知しやした」

八吉は、十手の先を撫ぜながら枝折《しお》り戸を押して出ていった。

八吉の背を見送った隼人は、日本橋を渡り、小天馬《こでんま》町に足をむけた。

石田帯刀《いしだたてわき》が典獄《てんごく》をつとめる牢屋敷から二町ほど離れた裏通りの一角に、黒板塀《くろいたべい》をめぐらせた仕舞屋《しもたや》があった。その通りは、八さん熊さんの住む裏店《うらだな》とちがって小体《こてい》ながら八百屋だの米屋だのが軒をつらねていて、ちらほらと人通りもある。

仕舞屋の中から三味線の音がした。

隼人は入口の引き戸をあけ、中に声をかけた。

「お駒《こま》、いるかい」

その声に、三味線の音がやみ、障子をあける音とかすかな足音がして、色白の女が顔をだした。紺の唐桟縞《とうざんじま》に市松柄《いちまつがら》の帯、着物の裾から紅の蹴出《けだ》しがのぞき、何とも粋《いき》な身装《みなり》である。

「おや、隼人の旦那」

色白の頬に朱がさし、切れ長の目に輝きが増す。

なかなかの美形である。ひきしまった唇や切れ長の目が、利かん気らしい性格を思わせた。二十歳《はたち》をすぎた年増《としま》だが、そのしなやかな肢体や細い首筋などには、生娘の色香がただよっている。

「お駒、ちょっと話があってな」

隼人は玄関先に腰を落とした。

「旦那、水くさいじゃありませんか。あがってくださいな」

お駒は立ち上がって、奥へ行こうとする。

「いや、若い女の住居《すまい》へあがりこむわけにはいかねえからな」

「それが、水くさいっていうんですよ」

「それに、今日はお上の御用でな、お駒に頼みがあって来た」

隼人は座ったまま、お駒の方へ顔をむけた。

お駒は、浅草、両国あたりを縄張にしていた霞《かすみ》の銀造《ぎんぞう》と呼ばれた掏摸《すり》の娘だった。銀造は、相手と擦《す》れちがっただけで狙った財布を抜くといわれるほどの名人だったが、ある日、旗本ふうの身装《みなり》で歩いていた隼人の懐《ふところ》を狙って捕らえられた。

そのとき、銀造は、

「どんなに腕がよくても、いつかは捕《と》られる。そいつを、娘のお駒に分からせてくれ」

そう言い残し、懐に呑んでいた匕首《あいくち》で己の喉を突き刺して果てた。

このとき、お駒は十六。父親がとめるのも聞かず、浅草寺《せんそうじ》界隈で女掏摸の真似事をしていたのである。

隼人はお駒に、銀造の遺言を伝えた。

「お駒、銀造はな、わざとおれの懐を狙ったんだよ。てめえの身をもって、掏摸の行く末をおめえに分からせようとしたにちげえねえ。おめえだけは、何としても堅気《かたぎ》の娘に育ててえ、その思いを伝えたかったんだろうよ」

隼人の言葉に、お駒は声をあげて泣いた。

その後、お駒はきっぱりと掏摸の足を洗い、

「何か、芸ごとを身につけるがいい」

と言って、隼人が世話した三味線と長唄の師匠に弟子入りした。その後五年ほど経ち、その師匠が流行病《はやりやまい》で死んだあと、そのまま師匠の座をひきつぎ今日にいたっている。

「旦那の頼みだったら、なんだって聞くさ」

お駒は隼人の前に座りなおした。

隼人は、ときおりお駒の手を借りることがあった。密偵である。ただ、若い女なら気をゆるす相手や場所で話をききこんでくる程度で、危険な目にあわせるようなことはしなかった。

「おめえ、お役者の彦造ってえやつを知ってるかい」

隼人が訊いた。

「いえ……」

「日本橋、神田あたりを売り歩いている小間物屋だが、そいつが、若い女を高価な簪や櫛の餌でつって、たらしこんでるらしい」

隼人はいなくなった四人の娘たちの名と奉公してた店の名をだし、

「その四人とも、姿が消えちまってな。……それに、彦造の行方も知れねえ」

と言い足した。

「それで、あたしが何を探りゃァいいんです」

「まず、ここに習いに来てる娘に、彦造のことを知ってるやつがいねえか、聞いてみてくれ」

お駒の許《もと》には、十人前後の若い娘が、三味線と長唄の稽古にかよっていた。日本橋に店を持つ商人の娘や柳橋の芸者などもいると聞いている。そうした娘や芸者のなかには、彦造から簪や櫛など買った者もいるはずだと見当をつけたのだ。

「おやすいご用だよ」

「頼んだぜ」

隼人は腰を浮かせた。

「旦那、すぐ茶を淹《い》れますから、一杯だけ喉をしめしてってくださいな」

お駒は切なそうな声をして、呼びとめたが、

「三日もしたら、様子を聞きによらせてもらうぜ」

と言い置いて、隼人は外へ出た。

5

そのままの足で、隼人は南御番所へむかった。天野がいれば、その後の探索の様子を聞こうと思ったのだが、いなかった。

玄関を出たところで背後に足音がし、振り返ると、榎本に仕えていた甚六が足早に近寄ってきた。

「旦那、お調べの方は、いかがでございます」

横鬢《よこびん》に白いものがあるところを見ると、五十ほどであろうか、陽に灼《や》けた顔に笑みをうかべて、腰の十手を引きぬいて見せた。

榎本が斬殺されてから、すでに一月ほどがたち、仕えていた小者や中間は暇を出されたと聞いていた。奥方のおたえどのは、まだ番所内の長屋にいたが、榎本の四十九日の法要を終えたら実家に帰ることになっていた。

「だれに、仕えることになったんだ」

隼人が訊いた。十手を持っているからには、主人は南御番所の与力か同心のはずである。

「へい、高積見廻《たかづみみまわ》りの岸井円蔵《きしいえんぞう》さまに拾ってもらいやして……」

甚六は目を細めて言った。

高積見廻りは、市内の河岸《かし》や店先などを巡回し、決められた高さより商品や荷を高く積み重ねていないかどうかを見て、違反者を取り締まる役である。危険予防と体裁の維持のために、南北の番所にそれぞれ与力ひとりと同心ふたりが置かれていた。

岸井円蔵はその高積見廻りの同心で、五十路をすぎた初老の男だった。

盗賊の探索、逮捕などにあたる花形の三廻り同心とちがって、高積見廻りは連日ほぼ決まった道順で歩くだけのひどく地味で退屈な役目である。

「それはよかった」

隼人は、すでに鬢に白いものの目立つ甚六には、高積見廻りのようなのんびりした役目の方が合っているのかもしれないと思った。

「ところで、長月さまは、榎本さまを殺《や》った下手人《げしゅにん》を追っておられるので」

と、甚六が隼人の後をついてきながら訊いた。

「ああ……」

隼人は曖昧《あいまい》にこたえた。

甚六が、榎本からどこまで聞いているのかわからなかったからだ。

「あっしは、榎本さまのお指図で、本郷にある綾部さまのお屋敷を見張っていましたが、あんなことになってしまいまして……」

甚六は頭《こうべ》をたれて、口ごもった。

「ほう、綾部さまの屋敷をな」

隼人はたちどまった。

甚六に訊けば、榎本がどの程度つかんでいたか、わかるかも知れぬと思ったのだ。

「甚六、おめえ、屋敷で何を見張ってた」

隼人が訊いた。

「へい、牢人ふうの男が屋敷内に出入りしたら知らせろ、と榎本さまに言われましてね。裏門の見える斜向《はすむ》かいの榎《えのき》の陰から見張ってやした」

「ほう、裏門か……」

榎本は夜盗にかかわった牢人が出入りするなら、表門ではなく裏門と読んだのであろう。

そう言えば、裏門から少し離れた路傍に、一抱《ひとかか》えもあろうかと思われる榎が二本、鬱蒼《うっそう》とした深緑を茂らせていた。

「張り込んで三日ほどしまして、月代《さかやき》をのばした牢人ふうの男がふたり、人目を忍ぶようにして入るのを見まして、すぐに榎本さまに知らせたのでございます」

「いつのことだ」

「へい、五月二十三日の夕方で」

「やけにはっきりしてるな」

「小網町の島田屋が襲われて、ちょうど、十日目でございましたので」

「なるほど……。それで、どうしたい」

隼人は先をうながした。

「半刻《はんとき》（一時間）ほどで、ふたりは屋敷を出て来やした」

甚六の話だと、その後、神田方面に向かったふたりのあとを尾《つ》けたが、神田川の筋違御門《すじかいごもん》のちかくの桟橋に舫ってあった猪牙舟に乗ったため見失ったという。

「それから、さらに、五日ほど経った夕方でございます」

甚六は話をつづけた。

「ふたりの牢人に付き添われ、叺《かます》を積んだ荷車が屋敷内に入るのを見やした。榎本さまに知らせると、中身は島田屋で奪われた千両箱ではないかとのお話でしたが……。それっきり牢人も人夫も屋敷から出てきませんで、確かめようがございませんでした」

「出てこねえと……。妙だな。それで、どうしたい」

「それから、また、半月ほどしまして、あっしが旦那に榎本さまの口上を伝えた日でございます。あの日、榎本さまは、今夜はおれが見張るからおめえは番所にもどって、旦那に伝えろとおっしゃられて……」

「榎本さまが殺《や》られた夜だな」

隼人が磯野屋で菊乃とすごした夜である。

あの夜、斉藤のいうところの神道無念流の秘太刀、光輪の剣を遣う大柄な武士が、榎本を襲い、大川端で隼人も襲ったのである。

「へい、あの夜にかぎって、あっしが、榎本さまのおそばを離れていやしたので……」

甚六は無念そうに足元に視線を落とした。

「…………」

おそらく、大柄な武士は屋敷を見張っている榎本に気付き、わざと後ろを尾けさせ、神田川にかかる和泉橋《いずみばし》を渡り、柳原通りに出てから榎本を斬殺したのであろう。

榎本を斃《たお》した武士は、その後、磯野屋から出る隼人のあとを尾け、大川端で襲ったことになる。

……それにしても、手際がいい。

隼人が磯野屋にいることを知らなければ、屋敷から榎本にあとを尾けられた武士が、同じ夜に隼人を襲うことはできないはずなのだ。

……やはり、ひとりではないようだ。

斬り手は大柄な武士だが、こっちの動きを見張っていた仲間が何人かいたはずだ、と隼人はあらためて思った。

「旦那……」

隼人が立ち止まったまま考えこんでいると、甚六が身を寄せてきた。

「あっしは、榎本さまの敵《かたき》を討ちてえと思っていやす。あっしに何か、手伝えることがあったら言ってくだせえ」

隼人を見上げた、甚六の目がひかっていた。

「そんときは頼むぜ」

隼人はそう言って別れたが、甚六は高積見廻りの岸井の小者である。筋違いである盗賊の探索に使うわけにはいかなかった。

南御番所を出た隼人は、本郷に足をむけた。綾部屋敷を見張ってみようと思ったのだ。

隼人は甚六の言っていたことが気になっていた。島田屋が襲われてから、十日目に牢人が姿をあらわし、それから五日ほどして、叺に隠した千両箱を運びこんだらしいという。

盗賊は金を奪ってから十日ほど間をおき、綾部とあらためて相談をし、五日後に叺の中にいれて運びこんだのではないか、と隼人は推測したのだ。

……津田屋が襲われて、八日経つ。

そろそろ、盗賊一味が綾部屋敷へ姿を見せるころだ、と隼人は思ったのである。

6

綾部屋敷の裏門の両側は長屋になっていて、一間ほどの道をはさんだ向かいが乗連院《じょうれんいん》という寺である。

その乗連院の板塀のとぎれた所が空き地になっていて榎の大樹が二本、鬱蒼《うっそう》と深緑をしげらせていた。

甚六の言ったとおり、その樹の陰に立つと、通行人に見とがめられることもなく屋敷の裏門を見張ることができた。

……あらわれるとすれば、夕暮れどきだろう。

と見当をつけ、隼人は六ツ（午後六時）前後の一刻《いっとき》（二時間）ほど、見張ることにした。

隼人が見張りに立って二日目である。

暮色が綾部屋敷をおしつつみはじめたころ、乗連院の板塀の向こうから武士らしい人影がふたつあらわれ、裏門の方へ歩いてきた。

……来たな！

隼人は甚六が言っていたふたり組ではないかと思った。

小袖《こそで》に袴姿で二刀差していたが、月代《さかやき》が伸び、供も連れていなかった。どうみても、主持ちの武士には見えない。

長身痩軀《ちょうしんそうく》と中肉中背の男で、隼人を襲った大柄の牢人ではなかった。

ふたりは裏門の前に立つと、警戒するように左右に目をやってから、わきのくぐり戸から屋敷内に消えた。

半刻《はんとき》（一時間）ほどすると、ふたりの牢人はくぐり戸から出てきた。

すでに辺りは夜陰につつまれていたが、弦月《げんげつ》が出ていたので、提灯《ちょうちん》はなくとも歩けた。通りに人影はない。青白い月光が、綾部邸内の樹木と乗連院の杜《もり》を黒い小山のようにうかびあがらせていた。

その杜に、梟《ふくろう》がいるらしい。低い啼《な》き声が夜闇を震わすようにひびく。

ふたりの牢人は短い影を足元に落とし、不忍池の方へむかって足早に歩いていた。

隼人は半町ほど間をおいて、ふたりの後を尾けた。

……行く先をつきとめてやる。

いかになんでも、綾部屋敷に入ったというだけで、捕縛することはできなかった。それより、いまは盗賊一味の隠れ家《が》をつきとめることが大事だった。

ふたりは、武家屋敷と寺社のつづく通りをぬけ、不忍池の端《はた》の茅《かや》町にはいった。左手に月光を映した不忍池の水面が見え、その先に寛永寺《かんえいじ》の杜が辺りを圧するように黒々とひろがっていた。

池の端の路傍に、丈《たけ》の高い葦《あし》が群生している場所があった。その中ほどまで来たとき、ふいにふたりの姿がかき消えた。

……気付いたか！

隼人は尾行に気付いたふたりが、葦の中の細径《ほそみち》にでも逃れたにちがいないと思った。

隼人が後を追って、駆け出したときだった。

ザワ、ザワと葦が揺れ、数人の男が飛び出してきた。男たちは四人、さっきのふたりはいなかった。いずれも月代と無精髭《ぶしょうひげ》がのび、着崩れした小袖に袴姿の牢人だった。荒《すさ》んだ無頼牢人であることは、一目で知れた。

牢人たちは、隼人をとりかこむと餓狼《がろう》のような血走った目をむけ、抜刀した。

「てめえら、だれに頼まれた！」

隼人は夜盗一味ではないだろうと察知した。

汗と垢《あか》のすえたような臭いと酒の臭いがした。岡場所《おかばしょ》や飲み屋などにたむろし、脅《おど》しや用心棒などで口を糊《のり》している命知らずの無頼牢人たちである。いくばくかの金を握らされて殺しを請け負ったにちがいない。

「おれを、八丁堀の者と知ったうえでの闇討ちかい」

隼人は腰の兼定を抜いた。

一瞬、牢人たちの顔に驚きの表情がはしったが、逃げようとはしなかった。無言のまま間合をつめてきた。どうやら、腕に覚えのある者たちらしい。

「そうかい、なら、おれも遠慮はしねえぜ」

隼人は青眼にかまえた。

前方と後方の敵が青眼、左右の脇が上段だった。いずれも全身に気勢がみなぎり、ぎらぎらした殺気をはなっていた。

隼人は前後のふたりが仕掛け役で、両脇が斬り手だと読んだ。どうやら、集団での斬り合いに慣れた者たちのようだ。喧嘩殺法だが、あなどれない。とくに、左脇の男の切っ先には鋭いものがある。

まず、こいつが斬りこんでくると隼人は読んだ。

ジリッ、と隼人は、右前方に身を寄せた。

左脇の男から、わずかに間をとるためである。

その隼人の動きに、四人が反応した。

タアッ！

激しい気合を発し、正面にいた男が上段にふりあげざま、斬りこんできた。一足一刀《いっそくいっとう》の間境《まざかい》の外からの仕掛けである。

この斬撃に対応しようと隼人が動いたとき、左脇の男が間合に踏み込み斬りつけるのである。これが、この男たちの殺しの戦法なのだ。

隼人は動かず、青眼から刀身を落とし下段に構えなおした。

正面の男の切っ先は、隼人の顔面から一尺ほどの間をおいて振り下ろされた。間髪《かんはつ》をいれず、左脇の男が上段から隼人の肩口へ斬りこんでくる。

隼人はこの斬撃を読んでいた。

イヤアッ！

裂帛《れっぱく》の気合を発し身をひねりながら、隼人は下段から逆袈裟《ぎゃくげさ》に斬りあげた。

凄まじい斬撃である。

骨肉を断つにぶい音がし、隼人の剛剣が踏み込んできた男の脇腹から肩口へぬけた。

ぐわっ！　と吠《ほ》え、男は前につんのめるように泳ぐ。

次の瞬間、男の上半身が折れたように傾《かし》げ、截断《せつだん》された腹から臓腑があふれでた。男はなおも刀を振り上げようとしたが、そのまま前につっ伏すようにたおれ、臓腑を引きずりながら蟇《ひき》のように地を這《は》った。

「容赦《ようしゃ》しねえ！」

隼人は恫喝《どうかつ》するように叫び、前方の敵の正面にとびこんだ。

隼人の迫力に圧倒され、正面の男が身を引く。その瞬間、男の体勢がくずれて剣尖《けんせん》が死んだ。

「もらった！」

叫びざま、隼人は男の頭上から幹竹割《からたけわ》りに斬りおとした。

壺《つぼ》を割ったような音がし、西瓜《すいか》のように男の頭部がふたつに割れ、血と脳漿《のうしょう》が火花のように散った。男はくずれるようにその場にたおれた。血の噴出音がするだけで、悲鳴も呻きもなかった。即死である。

残ったふたりの男は、隼人の激烈な攻撃に、戦意をうしない悲鳴をあげながら逃げだした。ひとりは、葦原《あしはら》の中へ、ひとりは池の端の道を。

「逃がさねえぜ！」

隼人は池の端を逃げる男に追いすがり、背後から首筋を横一文字に斬りはらった。

瞬間、がっくりと男の頭が前に落ちた。喉皮を残して、首を刎《は》ねたのだ。

黒い飛沫となって、首根から血が噴出した。

男は血を撒《ま》きながら数歩前に泳ぎ、腰からくだけるようにその場にたおれた。

隼人はすばやく反転し、葦原の中へ突き進む。逃げるもうひとりの男は喉の裂けるような悲鳴をあげ、葦原から雑草地へ出て駆けていく。

7

「待ちゃァがれ」

隼人は追った。足も迅《はや》い。

男との間は、十間ほど。見る見るその間がつまる。

そのとき、逃げる男が溝にでも足をとられたらしく、前のめりにたおれた。

「た、助けてくれ！」

腰をぬかしたようにその場にへたりこんだ男は、目を剝き、歯を鳴らして震えていた。

「情けねえ声を出すんじゃァねえや。やい、だれに頼まれた。徒党を組んでの辻斬りなぞとは言わせねえぜ」

隼人は切っ先を男の喉元につきつけた。

「い、いえねえ……。喋れば、おれの命はねえ」

「そうかい。おめえ、おれが八丁堀の鬼隼人と呼ばれるわけを知ってるかい。平気で人を斬るからだけじゃァねえんだぜ」

「………！」

「どんな悪党も、喋らずにはいらねえほどの拷問《せめ》にかけるからよ」

言いざま、隼人は刀身を横にはらった。

ピッ、と男の額に血の線がはしり、血が流れだした。赤い布を張りつけたように額が染まった。

「次は、耳だ」

また、隼人は刀身を軽く振った。

左耳が夜陰に礫《つぶて》のように飛び、男がギャッ、と叫んで、両手で押さえた。

「どうだい、少しは喋る気になったかい。……体中切り刻んでもいいんだぜ」

「や、やめてくれ！」

「だれに、頼まれた」

「や、柳瀬《やなせ》という男だ」

「柳瀬……」

はじめて聞く名だった。偽名の可能性もある。

「いくらで請けた」

大金だった。遊び人や地まわりなどに、簡単に都合のつく金ではない。

「四十両だと」

「おれたちと同じ牢人のようだったが、金はたんまり持ってたぜ」

「武士か」

隼人は大川端で襲った武士の特徴を話してみた。

「大柄な目の鋭い男か」

「ちがう。背丈のある四十男だ」

どうやら、大柄な武士とは別人のようだ。

「そいつと、どこで会った」

「両国元町のおかめってえ飲み屋だ」

元町は両国橋の東の橋詰《はしづめ》から回向院《えこういん》までの間の町である。町屋《まちや》がならび、小料理屋や縄暖簾《なわのれん》を出した飲み屋などが軒をつらねている露地も多い。

牢人によると、昨夜、ふたりでおかめで飲んでいるところに突然あらわれ、前金で二十両、始末すれば、もう二十両出すといわれ、ふたりの仲間を誘って仕掛けたという。

「四十両は、でけえからな……」

男は血だらけの顔をゆがめて、上目遣いに隼人を見た。

この時代、サンピンと呼ばれた軽輩の徒士《かち》の年給金が三両一人扶持《ひとりぶち》、下働きの女奉公人なども三両そこそこだったから、四十両の金は十年余の給金に匹敵する。四人で分けても、当分遊んで暮らせる金なのだ。

食いつめ牢人が、鼻先へ四十両の大金をぶらさげられれば、命を賭ける気になっても不思議はない。

……いずれも、金で買われた犬か。

隼人はこれ以上訊いても何も出てこないだろうと思った。

「な、何もかも、喋った。見逃してくれ……」

牢人は拝むように手を合わせて、後じさりしはじめた。

「そうはいかねえ。八丁堀の者と知ったうえで仕掛けたとなりゃァ、端《はな》から命は捨ててるはずだぜ」

この男を生かしておかぬ方がよい、と隼人は思った。この場を逃れさえすれば、また、おれの命を狙ってくるはずだった。傷ついた野犬は、かえって獰猛《どうもう》になる。己が生きるためなら、どんな卑怯《ひきよう》な手でも使ってくるのがこうした手合なのだ。

長年、盗人、無頼牢人、無宿人などをあつかってきた隼人は、こうした手合を野に放っておく危険を知っていた。

「生かしちゃァおけねえ、男よ」

つぶやくように言った隼人の全身に、殺気がみなぎった。

身の危険を察知した牢人は、喉のつまったような悲鳴を発し、その場から逃げようと反転した。

隼人の体が躍動し、背後から兼定を横一文字に払った。

男の首が黒い鞠《まり》のように夜陰に飛び、一瞬間をおいて、首のない体が叢《くさむら》にくずれるようにたおれた。

隼人は刀身を一振りして血を切ると、懐紙で血をぬぐって納刀した。

きびすを返した隼人の背に、しゅる、しゅる、という血の噴出音が聞こえた。闇の底から魑魅《ちみ》魍魎《もうりょう》が這い出てくるような、不気味な音だった。

第三章　光輪《こうりん》の剣《けん》

1

「長月どの、お奉行がおよびでござる」

南御番所の玄関先で、隼人は中山次左衛門《なかやまじざえもん》に声をかけられた。

中山は奉行の筒井に古くから仕えている家士で、すでに還暦《かんれき》ちかい老齢である。鬢《ひげ》も髷《まげ》も真っ白だったが、腰もまがらずかくしゃくとして声にも壮年のような張りがあった。

「このところ、お奉行のお顔が晴れぬようじゃが……」

中山は後を歩く隼人を振り返り、

「昨今、ちまたを騒がせておる夜盗のことを、ご案じなされておられるのかのう」

と、小声で問うた。

「さて、拙者にはなんとも……」

隼人は言葉をにごした。

奉行が懸念しているのは、島田屋につづいて津田屋を襲った盗賊のことだろうとは推測できたが、隼人は黙っていた。

役宅の縁先に招じ入れられた隼人は、紺足袋《こんたび》に着流しというくつろいだ格好の筒井と対面した。

筒井は白洲での吟味を終え、役宅で隼人がくるのを待っていたようである。

縁先から見える庭を西日が照らし、松や椿の植え込みが長い影をひいていた。屋根にでも雀がいるらしく、ちいさな啼《な》き声が物悲しく聞こえてきた。

筒井は家士の用意した茶を飲み、膝先に茶碗をおいてから隼人のほうへ顔をあげた。

「どうじゃ、長月、賊のことで何か知れたか」

「大金を強奪することのほかにも、気になることがございます」

隼人は、事件にかかわってすでに四人の若い町娘が消息をたっていることを伝えた。

「町娘がな……」

筒井は訝《いぶか》しそうな顔をした。おそらく、予想もしていなかった事態なのであろう。

「どういうことであろうな」

筒井が顔を曇らせて訊いた。

「分かりませぬ。……あるいは、娘たちのなかに盗賊の手引をした者がおるやもしれませぬ」

「…………」

「ですが、四人の娘が、いずれも盗賊とかかわっていたとは思えませぬ。何か、裏があるような気がいたしますが」

隼人は四人とも若い美人であることが気になっていた。それに、大工の娘のおとよと八百屋の娘のお玉は、押し込み強盗とは直接かかわりなさそうだった。

四人の娘の失踪は、金品の強奪だけではない、若い女の肉体を目的とする陰湿な犯罪の臭いがするのだ。

「うむ……」

筒井は考えこむように視線を膝先に落とした。

「それに、綾部さまですが、やはり強盗一味となにかかかわりがあるようでございます」

隼人は、綾部屋敷にうろんな牢人《ろうにん》が出入りしていることや尾行の途中、徒牢人《いたずらろうにん》の集団に襲われたことなどを話し、

「おそらく、榎本さまも、綾部屋敷から尾行の途中襲撃されたものと思われます」

と付け加えた。

「だが、それだけで綾部どのに嫌疑をかけることもできぬな。……それに、隠居しているとはいえ、綾部家は三千石の大身、よほどのことがなければ、町奉行のわしには口出しすらできぬ」

筒井は声を落として言った。

この時代、町奉行の支配は町人と決まっていた。寺社奉行が寺社の僧、神職を支配し、府外に住む百姓は代官の支配下にあった。

侍は、また別である。各藩士は藩主が、幕臣である旗本や御家人は頭支配である。ただ、

旗本を監察糾弾する役は若年寄《わかどしより》配下の御目付《おめつけ》であり、それぞれの身分により徒目付《かちめつけ》、小人《こびと》目付《めつけ》などが取締りにあたっていた。

したがって、町方には支配外の旗本や御家人には手が出せないし、かれらの屋敷である武家地に立ち入ることもできなかった。

ただ、牢人となれば別だし、侍であっても町人地で事件をおこせば、「手にあまった」と称して、捕縛することもできた。また、事件をおこした者が旗本屋敷などに逃げ込めば、幕閣へ上申し、御目付や頭支配の者の手で捕らえられて引き渡されることもあった。

「実を申すとな、若年寄の相模守《さがみのかみ》さまより、綾部どのに目をくばるよう依頼されていてな。たしかに綾部どのが盗賊とかかわったという証拠があれば、相模守さまにお伝えして、糾弾することができる」

相模守とは小笠原《おがさわら》相模守長貴《ながたか》のことで、四人いる若年寄のうちのひとりである。

すでに一部の幕閣の間で、盗賊の奪った金のことが噂になっていて、若年寄の相模守がひそかに筒井を呼んで盗賊の捕縛以外に、綾部との関係の究明を筒井に頼んだという。

「…………」

隼人は黙って聞いていた。

「それに、今日あらためてその方を呼んだのは、ちかごろ、また、小浜と彦坂がさかんに動きだしたのが気になってな」

小浜と彦坂は、綾部の意向で動いていると見ている旗本である。

「水野さまと、お会いするようなこともあるのでしょうか」

水野は老中である。水野みずから、小浜と彦坂と会って謀議するようなことはあるまいと思ったのだ。

「それはない。水野さまは、直接会うようなことはなさらぬ」

筒井の話だと、ふたりはさかんに水野の用人と会ったり、水野のとりまきの幕臣たちを高級料亭に招いて饗応したり金品を贈ったりしているという。

「それが、ここ半月ほど前から急にさかんになったようなのだ。さらに、ちかごろ水野さまのお屋敷に大金が運びこまれたとの噂もある」

「…………！」

「津田屋で奪われた金が、使われたとみれば符号しよう」

そう言って、筒井は隼人の顔を直視した。

筒井の言うとおりだった。津田屋が襲われて、ちょうど一月ほど経つ。盗賊の奪った金が綾部から、小浜や彦坂にわたって使われたと考えると時期はあう。

「綾部や小浜たちに、いつまでも好き勝手にやらせてはおけぬ……」

筒井はわが胸に言うように、低い声でつぶやいた。

「お奉行、綾部さまの処罰はともかく、盗賊はわれら町方の支配である商家に押し入り、家人を皆殺しにし、数千両もの大金を強奪した極悪非道の一味にございます。われら町方の手で、捕らえとうございます」

隼人はきっぱりと言った。

「そのとおりじゃ。榎本まで、斬られたとあっては、南町の手で賊を捕らえねば面目がたたぬうえに、榎本も成仏できまい。それに、賊を捕らえれば、結果として綾部どのたちのかかわりも白日にさらされようからな」

「いかさま」

「隼人、わしはな、もし綾部どのが、こたびの一件にかかわっているとすれば、まだまだ事件はおこると見ておる」

「…………」

隼人も同意見だった。その目的が執政の座を得るためとなれば、短期間では無理であろうし、幕閣や大奥などを籠絡《ろうらく》するには、さらに莫大な資金が必要となるはずである。

「これ以上の非道を許さぬため、非常掛《ひじょうがかり》の与力や町廻りの同心に、総力をあげて盗賊の追《つい》捕《ぶ》にあたるよう指示しておる」

非常掛与力とは、市中の治安や非常事件の対応にあたる役である。盗賊の捕縛に南御番所の総力であたるための異例の指示だろうが、実際に盗賊の探索、追捕にあたるのは三廻りの同心である。

「心得てございます」

むろん、隼人は天野をはじめとする三廻りの同心たちが、必死で賊を追っていることは知っていた。同心の手先である岡っ引きや下っ引きも、今度の一件にかかりっきりのはずである。

「だが、そのものたちにも、綾部どののことは話しておらぬ。支配外のことに、奉行が探索を命じることなどできぬからな」

「承知しております」

町奉行として、管轄外である大身の旗本を探るようにとは言えないはずだ。

「長月、その方は、あくまでも隠密裡に、綾部どのの線から事件を洗え」

筒井は、そこで言葉を切って隼人を見つめ、

「そして、徒牢人《いたずらろうにん》など、手にあまることあらば、斬ってもよい」

と小声でつけくわえた。

能吏らしい切れ長の目の奥に、刺すような鋭いひかりがやどっている。

斬ってもよい、という言葉の裏には、斬られるような危険な仕事になろう、という含みもあるのだ。

事件の本筋である盗賊の追捕に、正面から三廻りの同心をあたらせ、鬼隼人との異名を持ち直心影流の達人でもある隼人に、危険な裏からの探索を命じたのだ。

「しかと、承知いたしました」

隼人は頭をさげて立ち上がった。

2

翌朝、長月隼人はふたたび九段坂下にある練兵館に斉藤弥九郎をたずねた。

行方不明になっている四人の女たちと小間物屋の探索は八吉とお駒にまかせて、隼人は大柄の武士と綾部屋敷に出入りしている牢人を洗いだそうと思った。

筒井の言うところの、綾部周辺からの探索は、光輪の剣を遣う者を割り出すのが近道だと考えたからである。

過日、斉藤を訪れたときは、かたくなに光輪の剣のことを話すのをこばんだが、盗賊の残虐非道な犯行を知れば、協力してくれるだろうと思っていた。

隼人は斉藤の卓越した剣の腕に敬服していたし、人柄も好いていた。

斉藤の出自は武士ではない。越中《えっちゅう》で百姓の子として生まれたが、志は高く、武士となって身をたてようと、十五歳のときわずか銀一分を握りしめ野宿しながら江戸へやってきたという。

郷里出身の旗本をたずね、その斡旋《あっせん》で四千五百石取りの旗本能勢《のせ》家の従者となることができた。斉藤は、能勢家でかげひなたなく働き、夜は独学で読書などして過ごしていたが、その実直謹厳《きんげん》ぶりに感心した主人が、神道無念流の岡田道場に入門させたのである。

それから十九年、斉藤は艱難辛苦《かんなんしんく》の修行をとおして、江戸の剣壇では知らぬ者はいないほどの神道無念流の達人となっていた。

しかも、斉藤は剣だけの男ではなかった。儒学、兵学なども学び、武辺《ぶへん》だけの市井《しせい》の剣客とちがって、論客であり人間的にも大きかった。

隼人は若いころ斉藤に会ったことはなかったが、同年輩の剣士として、ひそかに競いあうような気持をもっていたのである。

以前会った庭の見える座敷に招じ入れた斉藤は、

「やはり、御用の筋でおいでかな」

とおだやかな声で訊いた。

「いかにも、……どうあっても、おぬしから光輪の剣について聞かせていただきたいと思ってまいった」

隼人はまわりくどい言い方はしなかった。

「その件ならば、お話しできぬとことわったはずだが」

斉藤の声は平静だったが、隼人を見つめた双眸につよい拒絶のひかりがくわわった。

武芸の流派では、その極意や奥儀《おうぎ》は口伝《くでん》とし文章にもあらわさず、師から弟子へひそかに口頭で伝授されることが多い。

理由はいろいろある。ある者は、わが流の神髄は、到底文章などにはあらわせないほど玄妙であるというかもしれないし、またある者は、他人に知られては真剣勝負にさいして後れをとる、というかもしれない。

いずれにしろ、極意や奥儀は長年の修行を積んで極致に達し、師のめがねにかなった弟子のみに伝授されるもので、他人にかんたんに話すようなことはしなかったのである。したがって、斉藤が他流である隼人に光輪の剣を秘匿《ひとく》しようとしたのは当然のことだったのだ。

「斉藤どの、これは、武芸者として他流の秘剣を知りたいのではござらぬ。ただ、極悪非道な下手人を捕《と》るため、その者の名を知りたいだけでござる」

「と申されると」

斉藤が竹刀だこのできた両手を握りしめながら訊いた。

「市中を騒がせている賊は、刀など持ったこともない町人を、しかも、女子供まで、情容赦なくみな殺しにしている」

隼人は島田屋と津田屋の件をつつみかくさず話した。

「……剣を学ぶ者とは思えぬ所業だ」

斉藤は顔をくもらせてつぶやいたあと、

「だが、その賊と光輪の剣とが、どうかかわっているといわれる」

と訊いた。

「大川端で、賊のひとりと思われる大柄な武士に襲われ、その者の遣った剣が、過日、斉藤どのに検分いただいた構えでござる」

「うむ……」

「しかも、その者は一の太刀、二の太刀と、左右の袈裟《けさ》に鋭く斬りこんでまいった」

「…………」

斉藤はけわしい目で隼人を見つめたまま何も答えなかったが、ひとつちいさくうなずいて見せた。

光輪の剣は、平青眼からちいさな円を描くように切っ先をまわし、敵の間積《まづも》りを狂わせておいて袈裟に斬りこむ太刀であることを、斉藤は認めたのだ。

「さらに、島田屋で斬殺された八人、津田屋の九人、ほとんどの者が袈裟がけの太刀で斬られてござる。……おれは、同じ太刀を遣う者の仕業と見ている」

「まことでござるか」

斉藤は、驚いたように目を大きくしたあと、考えこむように視線を落としたが、何か思いついたように、急に立ち上がった。

「長月どの、どうであろう、一手ご指南いだけるかな」

「手合わせを」

隼人は驚いた。

話が唐突である。しかも、道場主である斉藤の方から、他流である直心影流の隼人と立ち合いたいというのだ。

「いやいや、勘違いなされてはこまる。たしか、そこもとは御用のために来たと申されたはず。されば、拙者も武芸者としてではなく、お上のために光輪の剣をご検分いただきたいと存じたしだい。したがって、立ち合いでも稽古《けいこ》でもござらぬ」

斉藤は、道場の方へまいられよ、と言って、先に座敷を出ていった。

3

道場の中には、だれもいなかった。武者窓《むしゃまど》から差し込んだ陽射しが、磨きぬかれた板張りの床の上にくっきりとした縦縞《たてじま》をきざんでいる。

朝の稽古を終えて、まだ、それほど経っていないのであろう。澱んだような大気のなかに門人たちの稽古の後の熱気と汗の臭いが残っていた。

斉藤は小袖に袴姿だったが、道場に入るとすぐ、袴の股《もも》だちを取り、板壁にかけられている竹刀を手にした。

「竹刀でも、木刀でも、お望みのものを取られるがよい」

斉藤は隼人に板壁にかかっている竹刀と木刀を指差した。

隼人も股だちを取り、竹刀を手にした。

三尺二寸。隼人は、右手でつかんだ竹刀を、ビュウと一振りした。ちかごろは道場に顔を出すことはなくなったが、手になじんだ竹刀の感触である。

「構えられよ」

斉藤が言った。

間合《まあい》はおよそ三間。隼人は、己のすべてを出して斉藤に対してみようと思った。

隼人は、相手の両眼の間に切っ先をつける青眼に構えた。目付《めつけ》は敵の眼中である。直心影流では、敵の心の内や動きはまず眼の中にあらわれると考え、敵の眼を見る。

斉藤も青眼に構えた。ゆったりとした大きな構えである。大樹のような威風があり、しかも切っ先が生きていて、喉元を突いてくるような鋭さがある。

……さすがは、練兵館の斉藤だ。

隼人は対峙《たいじ》しただけで、斉藤の腕のほどを感知した。

「参りますぞ」

言いざま、斉藤が切っ先をわずかに落とし、平青眼に構えなおした。同時に、斉藤の全身に激しい気勢がみなぎり、その体が切っ先のむこうで膨れ上がったような気がした。凄《すさ》まじい威圧である。

隼人は、巨大な巌《いわお》でそのまま押しつぶされるような圧迫を感じたが、丹田《たんでん》に力をこめて懸命にその威圧に耐えた。

そのとき、斉藤の切っ先が隼人の竹刀の尖端《せんたん》のまわりを小さな円を描くようにまわりだした。

一瞬、隼人は己の意識がその円の中に吸い込まれるような気がした。そして、スッと斉藤の体が遠ざかったのである。

……同じだ！

大柄の武士と対峙したときと同じである。

だが、今度はあのときよりも、さらに斉藤の体が遠くはなれたように感じた。まるで、切っ先のむこうに消えていくように見えたのである。

まったく、間合が読めなくなった。

咄嗟《とっさ》に、隼人は身を引いた。

次の瞬間、斉藤の体が躍動し、黒い疾風のようにその巨軀が隼人の眼前に迫っていた。

ビシッ！　という竹刀の肉を打つ音がし、隼人は右肩口に疼痛《とうつう》を感じた。

一瞬の仕掛けだった。踏み込んだ斉藤の太刀が、隼人の肩口をとらえたのだ。

「こ、これは！」

隼人は驚愕《きょうがく》し、その場につっ立ったまま息を吞んだ。

「賊が遣った太刀と同じでござろうか」

斉藤は切っ先を落とし、しずかな声音《こわね》で訊いた。

「同じでござる」

大柄の武士のそれよりはるかに迫力があったが、まちがいなく同じ技だった。

「だが、この太刀は竹刀ではその威力が半減する」

「…………」

「長月どのは、賊と真剣で立ち合われたのであろう」

「いかにも」

「されば、気付いたと思われるが、真剣であれば陽《ひ》や月の光を反射《はね》て白光の円ができ、さらに間合を失わせる効果が生じる。……それゆえ、光輪の剣と称する」

「…………！」

切っ先が光を曳《ひ》いて、白い輪ができるのは隼人も見ていた。大柄の武士の剣は、それほどでもなかったが、斉藤が真剣を遣えば、白いひかりの輪のなかにその体が消えてしまうほどの玄妙さをあらわすのであろう。

「間合を失った敵は、かならず身を引く。その瞬間、どのような達人でも剣尖《けんせん》が死ぬものでござる。そこへ、踏み込んで、右袈裟に斬りこむ。……さらに敵が身を引いて逃れれば、もう一歩踏み込み、左袈裟に斬りこむ。この連続したたすきがけの袈裟斬りを逃れる者は、まず、いない」

「なんとも……！」

おそろしい剣だと思った。敵に体勢をたてなおす間をあたえず斃《たお》すまで、左右の袈裟斬りを連続して揮《ふる》うのだ。

「だが、これは対峙《たいじ》した敵を追いつめて揮う剣でござる。……されば、抵抗せぬ町人、まして、女子供に遣う剣ではござらぬが」

そう言うと、斉藤はゆっくりとした足取りで板塀の方へ歩み、手にした竹刀を掛けてもどってきた。

「…………！」

斉藤の言うとおりだった。光輪の剣は、無抵抗な女子供にまで、遣うような剣ではない。すると、島田屋や津田屋で皆殺しにした凶刃は、あの大柄の武士によるものではなかっただろうか。

「長月どの、商家に押し入った賊は、袈裟斬りの太刀で家人を斬ったとおおせでしたな。それだけで、光輪の剣を会得した者と断じるは早計でござろう。……ただ、いかなる者たちによる凶行かは分からぬが、わが流を学んだ者たちの可能性も否定しきれぬ」

　斉藤は顔をくもらせて言った。

「と申されると」

「わが流ではこの光輪の剣を会得させるため、ある程度修行を積んだ者に、ひそかに左右の袈裟斬りの稽古を積ませる。これは、相手の肩口を狙って連続して打ち込むもので、立てた巻《ま》き藁《わら》を真剣で斬らせる。もし、この稽古を積んでいる者であれば、あるいは、女子供に対しても袈裟斬りの太刀を揮うかもしれぬ」

「されば、神道無念流の門人だと」

「いや、あくまでも、その可能性があると言ったまで。……おぬしの遣う直心影流にも、袈裟斬りが得意な者はおろう」

「たしかに……」

　直心影流だけでなく、どの流にも袈裟斬りの太刀を得意技にしている遣い手はいるはずである。それだけで、神道無念流の者と断定することはできないということだろう。

「長月どの、つつみ隠さずお話し申した。これまででござる」

　そう言うと、斉藤は道場の入口の方へ、歩みはじめた。

ったのだ。

「待たれよ、斉藤どの」

隼人は背後から呼びとめた。

「まだ、何か……」

「光輪の剣を遣う大柄な武士のこと、まだ、お訊きしてはおらぬ」

隼人が今日、練兵館にきた目的のひとつは斉藤から、その武士の名を訊き出すことにあったのだ。

「それは拙者にもわからぬ」

斉藤は振り返り、隼人を見つめて首を振った。

隠しているようには見えなかったが、隼人は食い下がった。

「だが、光輪の剣は、神道無念流の秘剣とのこと。だれもが身につけられるような技ではないはずだが」

「そのとおりだ。……先刻、お話したとおり、この光輪の剣は真剣で威力を発揮する、いわば、殺人剣でござる。それゆえ、秘中の秘とされ、だれが会得しているか、拙者にもわからぬ」

「だが、神道無念流の者であることはまちがいない」

「さよう。……それに、拙者が知っている者のなかにそのような賊がいるとは思えぬが」

斉藤は、神道無念流の二代目岡田十松、岡田の門下だった宮本左一郎《みやもとさいちろう》、鈴木斧八郎門下の中村一心斎《なかむらいっしんさい》、などの名をあげ、

「この方たちは、わが流の免許を得ておられる。いっさい口外せぬゆえ、さだかなことは分からぬが、光輪の剣も会得しておられるかもしれぬ。だが、おぬしの言う大柄な武士に匹敵するような者は、ひとりとしておらぬ」

と、断言した。

「しかし、まちがいなくおれを襲った賊は光輪の剣を遣った。それに、与力の榎本さまを斬ったのも、同じ武士と思われる」

「長月どの、わが流の裾野は広い。拙者の知らぬ遣い手がいてもおかしくない」

斎藤の話だと、神道無念流が江戸で興隆を見たのは、岡田十松の師である戸《と》賀《が》崎《さき》熊《くま》太《た》郎《ろう》からで、そのころの高弟で江戸や近郷の地で町道場をひらいている者も多いという。したがって、光輪の剣をひそかに会得した者が、江戸府内はむろんのこと、近郊の地にいてもおかしくはないというのだ。

「おそらく、孫弟子にあたる者にも伝わっていよう。光輪の剣は一子相伝ではないが、道場稽古では教授しない秘剣のため、どのようなかたちで伝わっているか、拙者にもつかみきれぬのだ」

斎藤は声を落として言った。

「分かることは、神道無念流の遣い手ということだけでござるか……」

「さよう。拙者にも、それ以上のことはわからぬ」

「斎藤どの、かたじけない……」

隼人は頭をさげた。

他流の者に、神道無念流の秘剣まで遣ってみせ、一門の内情まで隠さず話してくれたのである。これから先は、十手を預かる同心としての仕事だと隼人は思った。

きびすを返した隼人の背に、

「長月どの、光輪の剣は身を引いてはやぶれませぬぞ……」

と、斎藤が独言のように言った。

4

「おなっちゃん、いい簪《かんざし》だねえ」

お駒は、稽古を終えて三味線をかたづけているおなつに声をかけた。島田髷《しまだまげ》に、銀簪が挿してあるのを目にとめたのだ。

「あら、お師匠、安物なんですよ」

おなつは、嬉《うれ》しそうな顔をして振り返った。

そばにいたお新《しん》とおきぬも、おなつのそばに近寄って来て、いいわねえ、よく似合ってる、などと羨《うらや》ましいような顔をした。

「どこで買ったんだい」

お駒が訊いた。

「須田《すだ》町の伊豆《いず》屋さん」

「そう、高かったんだろう」

「いくらしたか知らないの。お父っつァんに、買ってもらったから」

「そう、いいお父っつァんだこと」

おなつは、同じ須田町で米屋をしている善次郎《ぜんじろう》という男のひとり娘で、十六になる。器量もいい。あるいは、長月さまが言っていたお役者の彦造とかかわりがあるかもしれない、と思ったのだが、どうやら虫はついていないようだ。

「ところで、彦造ってえ、小間物屋がいい簪を持ってるって聞いたんだけど、だれか知らないかい」

お駒は、ほかの娘にも聞いてみた。

「お師匠、あたし、知ってます」

お新が目を輝かせて言った。

「あら、お新ちゃん、その小間物屋とは馴染みなのかい」

お新は日本橋に店を持つ呉服屋《ごふくや》の娘である。あるいは店に、彦造が出入りしてるのではないかと、お駒は期待したのだ。

「あたしじゃないんです。お吉《きち》ちゃんなの」

お新はかんたんに否定した。

「お吉ちゃん……」

言われてみれば、ここ七日ばかりお吉が顔を見せていない。お駒は、隼人から、四人の娘が行方不明になっていると聞いていたので、急に胸騒ぎがした。

お吉は、日本橋小舟町の薬種問屋《やくしゅどんや》、布袋屋《ほていや》の娘で十七、器量もいい。

「そういえば、お吉ちゃん、ちかごろ稽古にこないけど、どうしちゃったんだろうね」

お駒は心配そうな顔をして訊いた。

「このところ、気鬱《きうつ》でおもてにも出ないんですって」

お新がいたずらっぽい目をして、恋患《わずら》いらしいわ、と小声で言い、肩をすくめるようにして笑った。

「恋患いって、どういうこと」

お駒は聞き返した。

「お師匠の言ってた、小間物屋の彦造さん、このごろちっとも姿を見せないので、心配で食事も喉をとおらないんですって」

「お新ちゃん、どうしてそんなこと知ってるの」

「あたし、ちかごろ、お吉ちゃんがお稽古にこないので、小舟町にいったとき布袋屋さんにいって、お話をしたの」

お新は、白い頬を桃のように染めて得意そうな顔をした。

「お吉ちゃんは家にいるのね」

お駒は、すこし安心した。

「はい、……でも、お吉ちゃん、自分では彦造さんのせいだと言ってたけど、ほんとはちがうみたい」

お新はそう言って、クスッと笑った。

「どう、ちがうの」

「家の人は食あたりっていってるの。だから、じき治ってお稽古にもくると思うわ」

お新は、そばにいるおなつとおきぬを交互に見て、今度は声をだして笑った。

「そうなの……」

お駒は、それほど深刻な話ではないようだと思い、すぐに話を打ち切ったが、午後にも布袋屋にいってみようと思った。

お吉の恋心は、同じ年頃の娘たちに自慢げに打ち明ける程度のものらしかったが、彦造と接触していることは確かなようだ。もし、失踪した娘たちと彦造がかかわっているなら、食あたりを恋患いだなどと言って笑いあっているような場合ではないはずだ。

布袋屋は薬種問屋としては大店《おおだな》の方だった。番頭、丁稚、手代など、十四人の奉公人と、女中、下男などが五人いた。

店構えもりっぱで、土蔵造りの店舗のほか薬種を貯蔵しておく土蔵が二棟、裏手には奉公人や下男などの住む長屋もあった。

「ごめんください」

お駒が店の中に入ると、すぐに顔見知りの源助《げんすけ》という番頭が気付き、もみ手をしながら近寄ってきた。

「お嬢さんが、ご病気だと聞いたもので」

「お足をお運びいただき、ありがとう存じます。すぐに、あるじを呼んでまいりますので」

源助は帳場の奥にある座敷へお駒を案内し、主人の五郎兵衛《ごろべえ》を呼びにいった。

「わざわざ、おこしいただき、申しわけありませんな」

顔を見せた五郎兵衛は恐縮したように言った。

壮年だが肌に艶《つや》があり、縦縞の小袖と絽羽織《ろばおり》がよく似合う、いかにも大店の主人といった感じの恰幅《かっぷく》のいい男だった。

「ちかくを通りかかりましたもので、お嬢さまのご様子をと思いまして……」

「こちらから、連絡にあがらねばなりませんのに。……二、三日もすれば、よくなると思っていましたが、意外に長引きましてな」

「何ですか、いつまでも気分が晴れぬとか……」

まさか、恋患いとは言えなかったので、お駒はそう臭わせた。

「いやいや、食あたりですよ。食べ合わせが悪かったのか、嘔吐《もど》しましてな。……気分がなかなかすっきりしないようで、伏せってましたが、もうだいぶよくなりました。二、三日したら、稽古にも出そうと思っていたところなんですよ」

五郎兵衛は愛想のいい笑いをうかべ、女中の運んできた茶をすすめた。

「それを聞いて安心しました。……ところで、布袋屋さん、つかぬことをおうかがいいたしますが、こちらの店にも、小間物屋さんは顔を出しますか」

五郎兵衛は怪訝な顔をお駒にむけた。

「ええ、来ますよ。台所に顔を見せて、女たちに小間物を売っているようですが、それが何か」

「いえ、このあたりをまわっている彦造さんという小間物屋が、いい櫛を持っていると聞きましたもので、あたしの所へもまわってもらおうかと思いましてね」

そう言って、お駒は髷《まげ》の櫛に指先をのばした。細工のない黄楊《つげ》の安物である。

「そうですか。たしか、うちへ顔を見せるのも、彦造さんですよ。女房やお吉がひいきにしてるようでしてね。……こんど来たら師匠の方にもまわるよう伝えておきましょう」

五郎兵衛は納得したようにうなずいた。

「こちらには、いつごろ見えました」

「そういえば、しばらく来てないようですな。……顔を見たのが、たしか七月の月初めでしたから、十日ほど前になりますかな」

「七月の月初め……」

津田屋が襲われたあとだ、とお駒は気付いた。

盗賊に津田屋が襲われたのが、六月二十六日である。それから、四、五日経ってからこの店に姿を見せたらしい。

それからお駒は、それとなく彦造のことを聞いてみたが、五郎兵衛は台所へ来たのを見かける程度で話をしたこともなく、彦造のことは何も知らなかった。

「それじゃァ、お吉ちゃんによろしくお伝えください」

そう言って、お駒が立ち上がろうとすると、五郎兵衛の後ろの襖《ふすま》があいて、当のお吉がひょっこり顔をだした。

「あら、お吉ちゃん、起きてこなくてもよかったのに」

お吉の顔はやつれていたが、血色はそれほど悪くもなかった。体は痩せていて弱々しく見えるが、挙措はしっかりしている。着物も裕福な町娘らしい桃色地に白の霰小紋《あられこもん》の振り袖姿だった。

「お師匠、二、三日したら、お稽古にまいります」

お吉はお駒の前に座り、チラッと父親の方へ目をやった。

それを見た五郎兵衛は、微笑《ほほえ》みながら、それじゃァあたしは、店の方を見てきましょうかね、と言ってたちあがった。お吉がお駒とふたりだけで話したいことがあるようだと、五郎兵衛は察したようだ。

「お吉ちゃん、何か、思い悩んでいることがあるの」

お駒は食あたりではなく、彦造とのことに触れてみようと思った。

「はい……。でも、もうあきらめました」

どうやら、お吉は彦造のことをお駒にも話したいらしい。

「彦造さんのこと」

お駒が名を出すと、お吉が驚いたような顔をしたので、

「お新ちゃんから聞いてるの」

と、お駒は慌てて言い添えた。

「ええ、そうなの」

「あきらめたって、どういうこと」

「彦造さん、ほかにいい人がいるようだし、あたしには年上すぎるから……」

お吉は顔を赤らめて言った。彦造は二十八で、お吉よりちょうどひとまわり上だという。

「彦造さんには、いい人がいるの」

お駒が訊いた。

お吉は、七日前浅草寺にお参りに行き、彦造が若い女と仲むつまじそうに歩いてるのを見かけたと答えた。

「だって、それだけじゃァ、どんな女《ひと》か分からないでしょう」

「それが、いっしょにいたひと、お千代《ちよ》さんらしいの」

「お千代さん……」

お駒はお千代を知らなかった。

「あたしの家にかよいで奉公に来てるひとなの」

「女中……」

お駒は、千代という女が島田屋と津田屋で姿を消したふたりの女中と同じような立場にいるのではないかと思った。

お吉は、彦造が小間物を売りに来たとき、そばにお千代もくることがあったので、知り合ったのではないかと話した。

たぶん、そうだろうとお駒も思った。

「それで、お千代さんて、いくつなの」

「わたしより、ふたつ上で、十八………」

「お千代さん、いまも店に来ているの」

お駒は、すでに失踪しているのではないかと思った。

「ええ、来てるわ。あたしも、何も言わないから、知らないと思ってるわ」

お吉はうすい唇の先をとがらせて、くやしそうな顔をした。

「お吉ちゃん、やっぱり、あきらめた方がいいみたいね。お吉ちゃんとは年が離れすぎてるもの」

お駒はなだめるようにそう言い、それから稽古に来ているお新のことや、ちかいうちに三味線のおさらい会を開きたいというような話をして、お吉とわかれた。

布袋屋を出たお駒は、お千代の身辺を見張ってみよう、と思った。

………かならず、彦造が姿をあらわすはずだ。

とお駒は確信したのだ。

5

そのころ、八吉は下っ引きの利助と三郎を連れておよとお玉の身辺を丹念に洗っていた。かならず、ふたりは彦造とつながりがあると踏んで、ふたりの住居のある富沢町と鍋町界隈を歩きまわったが、それらしい話はでてこなかった。

ただ、富沢町で予想外の話が聞けた。

およの父親は治助《じすけ》という大工の棟梁《とうりよう》だが、そこへ出入りしている若い助七《すけしち》という大工が、

「彦造って小間物屋なら知ってまさァ。十日ほどめえ、花川戸《はなかわど》のおかめってえ飲み屋で牢人らしい男と酒を飲んでるのを見やした」

と話したのだ。

「おめえどうして、彦造を知ってるんだい」

と八吉が訊くと、
助七は首をすくめて、ちょっと飲み屋で知り合ったもので、と言葉をにごした。

「助七、かくさず話してみな。こりゃァ島田屋と津田屋の押し込みの調べだ。ほかのことは、聞かなかったことにするぜ」

八吉は、せいぜい女と遊んだか小博奕《こばくち》程度のことだろうと察した。

「へえ、盛蔵《もりぞう》親分の賭場で、すこしばっかり手なぐさみをしてるとき、ちょうどとなりに

座ったのが、彦造なんで」

そう言って、助七は亀のように首をすくめた。

盛蔵という男は、浅草、両国、本所《ほんじょ》あたりを縄張にする博奕打ちで、賭場が花川戸にあるらしいことも八吉は薄々知っていた。

「そこで知り合ったんだな」

「へい」

「彦造ってやつは、どんな男だい。堅気のようにゃァ見えねえが」

「あっしも、世間話をした程度でよくは知らねえんで。……ただ、金まわりはいいらしく、賭場でも、しけた張り方はしねえようです」

「あいつは、お役者の彦造ってよばれる女たらしだ。女をだまして、女衒《ぜげん》にも売り払ってるんじゃァねえのかい」

八吉には、行方不明の四人の娘が遊女屋に売られたのではないかという思いがあったのだ。

「へえ、女が金蔓《かねづる》だとは言ってやしたが……。ただ、娘を岡場所に売るような阿漕《あこぎ》な真似はしねえ、とも言ってやしたぜ」

「そうかい」

女衒ではないようだ。それに、岡場所や吉原に売られても、客をとるようになれば、すぐに娘たちの所在は知れるだろう。

「ところで、おかめで牢人と飲んでたといったな。牢人の名は」

八吉は別のことを訊いた。

「し、知らねえ。……ふたりで飲んでるのを見かけただけなんで」

助七は強く首を横に振った。

「盛蔵の賭場には、その牢人もくるのかい」

「見たこともねえ……」

「そうかい、ところで、彦造はちかごろ佐久間《さくま》町の長屋に帰ってねえようだが、新たらしい住居《やさ》はどこなんでえ」

「知らねえ。お、親分、あっしは、ただ彦造と世間話をしただけなんで」

助七は泣きだしそうな顔をした。

どうやら、助七は老練の岡っ引きの八吉に盗賊の仲間と見られてるように思い、肝《きも》がちぢんだようだ。

「手なぐさみも、ほどほどにしときな」

八吉はそう言い置いて、助七と別れた。

そのままの足で、八吉はふたりの下っ引きを連れて花川戸にむかった。まず、おかめに当たってみようと思ったのだ。

花川戸は浅草寺にちかい大川端の町である。船宿や飲み屋などが多く、おかめは小銭で飲ませる縄暖簾の小体《こてい》な店や酌取《しゃくと》り女をおいた飲み屋などが軒をつらねる露地の一角にあった。

露地の入口に立った八吉は、

「利助と三郎は、近所の一膳めし屋やそば屋などで、彦造のことを訊いてみろ」

そう言って、ふたりの下っ引きと別れた。

まだ、西日がおかめのある露地の家並を染めていた。どの店も板戸をしめたままで、ひっそりとしている。

こういう通りは、日が沈み暗くならなければ動きはじめない。行灯《あんどん》や燭台《しょくだい》に火がはいるまでは、死んだように眠っているのである。

ふたりの下っ引きと別れた八吉は、大川端に足をむけた。川岸にいくつかの船宿があるはずである。懐のあたたかい彦造が、おかめのような安酒場で、ちまちま飲んでいるとは思えなかった。料理茶屋はともかく、船宿に芸者を呼んで飲むぐらいなことはするはずだと思ったのである。

八吉は十手は見せず、彦造に借りた金を返すために探してるといって聞いて歩いた。この辺りは八吉の縄張ではなかった。顔を知らない岡っ引きの聞き込みに、客商売の船宿がまともに答えるはずはないのだ。

三軒目の福乃屋《ふくのや》という船宿のお島《しま》という女将《おかみ》が、彦造のことを覚えていた。

「小間物売りの彦造さんなら、見えましたよ」

お島は、上がり框《がまち》のところへ座ったまま小声で答えた。

「いつのことだい」

「五日ほど前かねえ」

「五日……」

ちかい、と八吉は思った。すくなくとも五日前まで、この辺りに彦造はいたのだ。

「また、女を連れこんだのかい」

八吉はあきれたような顔をした。

「それが、お侍さまといっしょでしたよ」

「侍だと、女将さん、からかっちゃァいけねえや。小間物屋が侍と船宿で飲むはずはねえやな」

「ほんとだよ。お侍さまは三人。二刻《ふたとき》（四時間）ちかく、四人だけで二階の奥の座敷で飲んでましたよ」

お島はすこし声を大きくした。

「あの彦造が、女も呼ばずにかい」

八吉は信じられねえ、と言った顔をした。話を引き出すための八吉の巧みな誘導である。

「ほんとだってば、四人で顔をつきあわせて、ずっとひそひそやってたんだから」

お島はむきになって言った。

「それで、どんな話をしてたんだい」

「知らないよ。あたしが顔をだすと、ぷっつりと口をつぐんでたもの」

「吉原にでもしけこむ相談じゃァねえのかい」

「それが、……膝先に、何か図面のような物をひろげてましたよ」

「図面だと」

「慌てて彦造さんが懐《ふところ》にしまいこんだけど」

「………！」

八吉は次に押し込むための密談ではないかと思った。店内の間取りや金の貯蔵場所を、店に出入りしている彦造が探り、盗賊一味に図面で知らせたのではないのか。

「その牢人、この店の馴染みかい」

牢人のひとりでも割り出せば、一味の正体がわかる、と思い、八吉の胸がはやった。

「三人ともはじめての顔さ……。あんた、ほんとに彦造さんの知り合いかい」

お島が疑わしそうな目で八吉を見た。ひっっこく訊くので、ただの知り合いではないと思ったらしい。

「なに、彦造にしちゃァ妙な相手と飲んでたと思ってな。……女将さん、ひまをとらせたな。ちかいうちに、おれも一杯やらせてもらうぜ」

八吉はそう言い置くと、あわてて店先から外へ出た。

辺りは、暮色にそまっていた。店の前の大川端の細い桟橋に、数艘の猪牙舟が舫《もや》ってあり、波に揺れて舟縁《ふなべり》がギシギシと音をたてていた。

おかめに行くには、ちょうどいいころあいである。

掛《か》け行灯《あんどん》に火がはいっていた。縄暖簾の奥から酔客の濁声《だみごえ》が聞こえる。おかめはいくつかの飯台《はんだい》があるだけのちいさな店だった。それでも、酌取り女がいて、八吉が空《あ》き樽《だる》に腰を落とすと、そばにきて銚子をとった。

八吉はお熊という酌取り女に銭をつかませ、彦造のことを訊きだした。

「その人、十日ほど前、いちどきたきりだよ」

お熊は酔っているらしく、はだけた襟元から乳《ちち》のふくらみを覗かせ、うわずった声で言った。

「牢人といっしょだったそうだな」

助七が、彦造の姿を見かけた夜である。

「どっしりとした熊みたいなお侍だったよ」

「名は」

「知らないよ。この店では、はじめて見る客だもの」

「どんな話をしてた」

「女の話さ。それも、若い娘のことばかり、男を知らないのがいい、とか、生娘の肌はすれっからしとはちがうとか。いやらしいったらありゃァしないよ。まるで、あたしに当てこすりしてるみたいじゃないのさ」

急に、お熊は憤慨したような口調になった。そう言われてみれば、お熊は大年増《おおどしま》で、首《くび》白女《じろおんな》にふさわしく、白粉《おしろい》を塗りたくっているが、肌は荒れているようだ。

「遊女屋の話ではないようだな」

男を知らない生娘となれば、素人である。八吉の頭に、失踪した四人の娘のことがよぎった。

「彦造ってやつがひとりで話してたんだけどね。おおかた、そこらの長屋の娘でもたらしこんだんじゃないのかい」

「娘の名はいったてなかったかい」

「聞かなかったねえ……」

お熊はなげやりに言って、手酌《てじやく》でついだ酒をグイと喉に流しこんだ。

それから半刻《はんとき》（一時間）ほどして、八吉はおかめを出た。彦造と牢人のことをそれとなく、聞いてみたが、お熊はそれ以上のことは知らないらしかった。

八吉は、ふたりの下っ引きと約束しておいた五ツ（午後八時）に、大川にかかっている吾妻橋《あづまばし》の橋詰で合流した。

だいぶ歩きまわったとみえ、利助と三郎は疲れきった顔をしていた。話を聞いてみたが、たいした収穫はなかった。ただ、利助が、駒形堂《こまがたどう》ちかくの一膳めし屋のあるじが彦造のことを見かけたという話を聞き込んできた。

「それは、いつのことだ」

両国の方へ大川端を歩きながら、八吉が訊いた。

「三日前だそうで」

「三日前……」

彦造は、まだ、このあたりにいる、と八吉は思った。

6

隼人は根津権現の門前の丸富で、ちびちびと酒を飲んでいた。牢人らしい薄茶の小袖に黒袴の身装《みなり》で、飯台の空き樽に腰を落とし、手酌でやりながら周囲の酔客の話に耳をかたむけている。

このところ三日ばかりつづけて、日が落ちるとこの店に来て酒を飲んでいた。この店には、綾部家に奉公している中間や足軽などが顔をだす。かれらの話に耳をかたむけていれば、屋敷内の様子がある程度分かるのである。

盗賊が津田屋を襲ってから、一月《ひとつき》ほど経つ。隼人は、そろそろ盗賊の一味である牢人が訪れるか、綾部治左衛門が動きだしてもいいころだと思っていたのだ。

だが、牢人が屋敷内に出入りした様子もなかったし、綾部が屋敷を出たという話も聞かなかった。かれらの話では、綾部は奥座敷に伏せったままで、ほとんど姿を見かけないというのだ。

ここ三日ばかりで、事件とかかわりがあるようなことといえば、綾部の手先と目されている御納戸頭取の小浜慶之助が駕籠《かご》で屋敷内に入ったという話だけである。

「旦那、やっぱり、ここにおいでで」

背後で声がしたので、振り返ると、甚六が立っていた。

「おお、甚六か。……ここでは、牢人の長月隼之丞《はやとのじょう》ということになっている」

隼人は、小声で甚六に言った。

「承知しておりやす。榎本さまも、ご身分を隠して探索にあたることがありましたので」

甚六は、隼人の脇へ座ると、どうです、綾部屋敷の動きは、と訊いた。

隼人がここで何をしているか、承知しているようだ。

「とくに、変わった動きはないが」

「そうですか。……ですが、旦那、張り込みなら手先にやらせたらどうです。あっしもお手伝いしますよ」

甚六は、あたりに目をくばりながら小声で言った。

「なァに、ここで、好きな酒を飲んでるだけだ。苦にはならねえ」

隼人も、甚六の言うように手先の岡っ引きにやらせようかと思ったのだが、綾部屋敷を見張っていて徒牢人《いたずらろうにん》に襲撃されたことが気になっていた。

榎本もそうだが、屋敷の周辺には綾部側の目がひかっていて、逆に命を狙われる恐れもあったのだ。むこうには大柄の武士をはじめ、相応の遣い手がそろっている。岡っ引きでは、太刀打ちできそうもなかった。

「おめえの手を借りるときは、こっちから声をかけるぜ」

「へえ……」

「それに、おめえを使っちゃァ岸井さんに顔むけできねえ」

「そのことなら、岸井さまにも、お話してありますんで」

高積見廻りの手があいたときは捕物の手伝いをしてもいい、との許しを得ているという。

「それじゃァ、手が足りないときは頼むぜ」

隼人がそう言うと、甚六は立ち上がって、

「旦那、用心してくださいよ」

そう言いおいて、戸口の方へむかった。

飯台の間を歩いていく甚六とすれちがいに八吉が姿を見せた。

「旦那、いまの男は」

八吉は怪訝な顔をして隼人に訊いた。

「榎本さまの小者だった男で、いまは岸井さんに仕えている」

「あの高積見廻りの」

「そうだ。殺された榎本さまの恨みを晴らすため、おれの手伝いをしたいのだとさ。殊勝なことだ」

「へえ……」

八吉はぼんのくぼあたりを指先でなぜながら、後ろを振り返った。戸口のそばの飯台に職人らしいふたり連れが、赤い顔をして飲んでるだけで、すでに甚六の姿はなかった。

「ところで、何かつかんだのか」

夜分、隼人がここにいることは知らせてあり、八吉は一昨日も顔をだした。そのときは、富沢町界隈を探ってみると言っていた。

「なんとか、彦造の足取りをつかみましたぜ」

八吉は隼人の耳元に口を寄せて、昨夜、花川戸周辺で探ったことを報《し》らせた。

「そう言えば、お駒が、布袋屋の女中と彦造が浅草寺境内《けいだい》を歩いているのを見た者がいると言ってたな」

隼人はお駒からも報告を受けていた。

「まちがいありませんぜ。彦造の新しい住居《やさ》は、花川戸界隈にありまさァ」

「八吉、牢人がいっしょだと言ってたな」

「へい」

「よし、福乃屋とおかめを下っ引きを使って張ってみろ。ちかいうちに、また顔をだすかも知れねえぜ」

話を聞いた隼人は、大店に押し込むための密談ではないかと思い、綿密な打ち合わせをするため、さらに牢人と彦造が接触するような気がしたのだ。

「それからな、牢人の姿を見たら、ひとりでもいいから行き先をつきとめろ」

「承知しやした」

「八吉、決して手出しするなよ。今度の相手は、おめえの鉤縄でも歯がたたねえぜ」

隼人は念を押すよう言った。

「へい、旦那、ちかいうちにきっと尻尾《しっぽ》つかみやすから」

そう言いおいて、八吉は店を出て行った。

だが、彦造の隠れ家をつかんできたのは、八吉よりお駒の方が早かった。

7

翌朝、隼人が八丁堀の住居を出て、南御番所へむかって一町ほど歩いたとき、前方から下駄の音をひびかせてやってくるお駒の姿を目にとめた。黒襟《くろえり》のついた縦縞《たてじま》の小袖に、蒲《かば》茶《ちゃ》の帯、三味線の師匠には見えない地味な身装《みなり》である。

「庄助、先にいってくれ」

供についてきた小者の庄助を、そのまま歩かせ、隼人はたちどまってお駒を待った。

「……ああ、よかった。もう、御番所に入ってしまったんじゃァないかと、気が気じゃなかったんですよ」

お駒は荒い息をはきながら、胸のあたりを両手でおさえた。

「どうしたい」

「旦那、やっと彦造の住居《すまい》が知れましたよ」

お駒は息をはずませながら言った。

「でかしたぞ、お駒」

隼人の声が大きくなった。

「場所は、浅草三好町《みよし》の忠兵衛《ちゅうべえ》長屋《ながや》だよ」

お駒は、隼人の声に目をかがやかせて言った。

ここ五日ほど、お駒は夕暮れどきになると、布袋屋の裏口の見えるちかくの稲荷の木陰から見張っていたという。

「昨晩、やっと、彦造が姿を見せたんだよ」

六ッ（午後六時）を過ぎ、お駒は若い男が布袋屋の台所にちかい裏口に立ったのを目にした。

一見したとき、お駒はそれが彦造だとは思わなかった。小間物屋が背負っている大きな荷をかつがず、手ぶらだったからである。

だが、その男が裏口に立つとすぐ中から若い娘が出てきて、人目を忍ぶようにしながら土蔵の陰に隠れるのを見た。

……逢引《あいびき》だ。

と思ったとき、お駒の胸に彦造とお千代のことがひらめいたのである。

ふたりは、ほんの小半刻《こはんとき》（三十分）ほどで、土蔵の陰から出てきた。あたりは暗かったが、まだ、六ッを過ぎたばかりで、店には奉公人や女中なども残っている。逢引といっても、肌を合わせるようなことはできようはずがない。

手を握りあったぐらいで、あとを次の逢引の約束でもしたのだろうとお駒はみた。

土蔵の陰から出てきたお千代はすぐに店にもどり、彦造はそのままおもてへ出て夕闇につつまれた通りを両国方面へぶらぶらと歩きだした。

お駒は、彦造のあとを尾《つ》けはじめた。

尾行は楽だった。夕闇が顔を隠してくれたし、小舟町から両国へつづく旅籠《はたご》町通りには、まだ通行人の姿もかなりあったので、あとを尾けてもあやしまれるようなことはなかった。それに、月もあった。提灯がなくとも、彦造の姿を見失うようなこともない。

彦造は両国広小路から柳橋をわたり、浅草御門の前から浅草寺方面にむかって歩いていく。浅草御蔵の前を通りすぎたところで、右にまがり、三好町にはいった。つきあたりは大川で、御厩《おうまや》河岸《がし》とよばれる対岸の本所への渡し場がある。

彦造はその渡し場の手前を左にまがり、裏店《うらだな》が軒をつらねる細い通りに入っていった。さらに、彦造は小体《こてい》な八百屋と舂米屋《つきまいや》の間の露地をはいり、棟割《むねわ》り長屋《ながや》の手前の雨戸をあけて中へ消えた。

お駒は露地の入口にある忠兵衛長屋の張り紙を確認すると、角の舂米屋を覗いて、顔を出したあるじに、

「つかぬことをうかがいますが、小間物屋の彦造さんがこの辺りに越してきたと聞いたんですが、ご存じありませんか」

と訊いた。

「ああ、彦造さんなら、一月《ひとつき》ほど前から裏の長屋にいますよ。ただ、ちかごろ、小間物の商いはしてないようですがね」

と教えてくれた。

それだけ聞けば、十分だった。彦造の隠れ家をつかんだのである。

お駒は、その情報を隼人が南御番所に出かける前に知らせようと、小天馬町から駆けつけて来たという。

「そいつはすまなかったな。……おめえのお蔭で、やっと一味の尻尾をつかむことができたぜ」

そう言って、隼人はお駒をねぎらった。

「しばらく、彦造を尾けてみましょうか」

お駒が言った。

「よせ、こっから先はおれたちの仕事だ」

彦造に尾行を気付かれれば、お駒の身があぶない。そうでなくとも、若い娘が四人も姿を消しているのだ。

隼人はお駒を小天馬町に帰したあと、庄助を八吉のところに走らせた。八吉に彦造を探らせようと思ったのである。

そのままの足で、いったん南御番所に入った隼人は、用部屋で天野から探索の様子を訊いたあと、裏門のちかくで八吉に会った。

「旦那、お呼びで」

八吉は息をはずませ、額に汗がびっしり浮いていた。走ってきたらしい。朝っぱらからの呼び出しで、何事かと思ったのだろう。

「八吉、彦造の隠れ家が知れたぜ」

隼人は、南御番所の裏門からすこし離れた松の木陰に立ったまま、お駒が話したことを八吉に伝えた。

炒《い》るような夏の陽射しが、地面を照らしている。八吉は、しきりに手ぬぐいで汗をぬぐっているが、なかなかひかないようだ。

「さすがは、お駒さんだ。やることが早えや」

八吉も、お駒が隼人の依頼で密偵のような探索をすることを知っていた。

「それでな、おめえに、その長屋を張ってもらいてえのよ」

「長屋にもどったところを、捕《と》るわけで」

「いや、ちがう。しばらく、泳がせて、一味を割りだしてえ」

彦造は盗賊一味の手引き役だろうと、隼人は踏んでいた。

盗賊は武士の集団のようである。彦造がどうして、盗賊一味とつながりを持ったのか分からなかったが、別行動をとっているはずである。

いま、彦造を捕れば一味は身の危険を察し、すぐに姿を消してしまう。そうなれば、一味の捕縛はもとより、綾部とのかかわりも闇に消える恐れがあった。

盗賊にくわわった武士をひとりでも捕らえれば、奪った金の使い道や背後であやつる黒幕の存在について口を割らせることもできるのである。

「いまから、忠兵衛長屋を張りますぜ」

八吉は、隼人の胸の内を察してすぐに承知した。

額の汗をひとぬぐいすると、八吉は夏の陽射しの中へ走りだした。

8

その日、下城した奉行の筒井は、白洲にいく前に隼人を役宅に呼んだ。

いつもの奥座敷で隼人をむかえた筒井は、せわしそうに扇子《せんす》で胸元に風をあてていた。開けはなたれた障子の間から、植え込みのつつじや松に夏の強い陽射しが照りつけているのが見えた。

暑熱をかきまわすように油蟬が、やかましく鳴いている。

「長月、どうじゃ。盗賊の調べの方は」

筒井が訊いた。何か、懸念することがあるらしく、その顔がくもっていた。

「ハッ、一味のひとりの所在をつかみましたが、いまだに賊の正体は知れませぬ」

隼人は、彦造のことを筒井に伝えた。

「彦造なる者のこと、定廻りの者もつかんでおるのか」

「いえ、まだ。……ひそかに手の者をつけ泳がせておりますが」

隼人は一味の正体をつかむため、手先に見張らせていることを話した。

「それがよかろう。……今日、あらためて、その方を呼んだのは、このところ頻繁《ひんぱん》に小浜と彦坂が動きだしたからなのじゃ」

筒井は膝を寄せて、隼人を見つめた。

「とおおせられますと」

「ふたりは、みずから越前守さまの側近や越前守さまにちかい幕閣などの屋敷に出向き、金品をとどけたり、料理屋などに招いて機嫌をとったりしているというぞ。……それに津田屋で奪った金が使われているのではないかと推測しておる。ふたりにそれだけの金が用意できるはずはないからな」

「そうかも知れませぬ」

「それにな、気になるのが、饗応なのだ。城内で、ちらほら耳にいたす噂ではな、ただの酒席ではないようなのだ。御納戸頭《おなんどがしら》にな、ひとり小浜たちと宴席をともにしたと目される者がいて、それとなく聞きただしてみたのだが、かたく口をとざして喋らぬ」

筒井が手にした扇子を、パチリととじた。

「…………」

「そうなるとよけい気になる。それに、裏に綾部の意向が動いているのだろうが、ちかごろ、幕閣への働きかけが露骨になってきてな」

「働きかけともうされますと」

「綾部家を継いだ金之丞を、御側衆《おそばしゅう》に復帰させるよう老中に申したてる者がおるし、小浜を御小姓組番頭《おこしょうぐみばんがしら》に抜擢しようとする動きもある。いずれも、越前守さまをはじめとして、小浜たちが接触している者たちからの働きかけのようなのじゃ」

「さようでございますか」

綾部治左衛門が御側衆の役をしりぞいて、まだ半年の余である。家禄を嫡男《ちゃくなん》が継いだとはいえ、同じ役職に復帰するのはあまりにも早すぎるし、何か特別な後押しがなければ、将軍の側近に実績のない者を抜擢するなどありえないはずだ。

それに、もし実現すれば小浜も大抜擢である。同じように将軍に近侍《きんじ》する役職とはいえ、御小納戸頭取の千五百石高に対して御小姓組番頭は四千石高である。異例の出世といっていい。

「それに妙な噂もある」

「妙な噂ともうされますと」

「これは、越前守さまみずからのご主張のようだが、幕府の手により江戸に武芸教場《ぶげいきょうじょう》を造ったらどうかという話がでている」

「武芸教場……」

「いわば、幕府の手で武術の道場を造るということだ。越前守さまのご主張は、ちかごろの旗本や御家人は、太平の世に慣れ、尚武《しょうぶ》の心を失い怠惰に流れている。そこで、あらためて武を磨き、武士本来の姿をとりもどさねばならぬ。……文武を奨励することにより、幕臣が質素倹約をむねとする生活をとりもどせば、幕府の逼迫《ひっぱく》した財政もたてなおすことができる、とのおおせだ。……ご主張はごもっともだが、小浜たちがさかんに口にしているのが気になってな」

　また、筒井が手にした扇子をあおぎだした。障子の間からは、そよという風も入ってこない。

「……………」

　隼人には、幕府の手による巨大な道場が、綾部や盗賊たちとどうつながるのか分からなかったが、かれらに何か利があることは確かなのだろう。

「長月、町方の管轄外ではあるが、小浜と彦坂の周辺を探ってもらいたいと思うてな」

「小浜さまと彦坂さまを……」

　綾部のこともあるので管轄外は気にしなかったが、手が足りないと、隼人は思った。江戸市中を荒らす盗賊と綾部周辺の調べで手一杯なのだ。

「いや、探ると申しても、ふたりがどこでどのような饗応をしているかだけでよい。あるいは、盗賊とのかかわりが何かでてくるのではないかとの思いもあってな」

　筒井の手にした扇子の動きが速くなった。

　町方とは異なる独自の隠密探索とはいえ、筒井にも隼人ひとりでは手が足りないことが分かっているのだ。

「承知しました」

　そのとき、隼人も筒井の言うように小浜と彦坂の周辺を探ることで何かでてくるような気がした。

今度の事件は、盗賊による金の強奪とその金を利用した幕閣の政争だけではなく、背後に、何か陰湿な陰謀が隠されているような気がしていた。

消えた四人の町娘のこともあった。隼人の胸には、ただ賊をとらえただけでは、背後にひそんでいる首謀者をあばくことができないのではないかという危惧《きぐ》もあったのだ。

それに、小浜たちが利用している料理屋が分かれば、お駒を芸者か女中として忍びこませることができる。

「長月、こたびの一件は、これだけでは終わらぬぞ」

また、筒井は扇子をとじて、隼人に鋭い視線をむけた。

「拙者も、そのようにとらえております」

隼人は、幕閣の政争などどうでもよかったが、盗賊が気になっていた。ちかいうちに大《おお》店《だな》に押し入り、大金を強奪し店の者を虐殺するのではないかいう恐れがあった。事実、八吉が探ったことによると、花川戸の船宿で彦造とうろんな牢人が、図面のような物をひろげて密談していたという。

押し込みのための相談と思われるのだ。

「定廻りや臨時廻りの者たちには、これ以上、犠牲者が出ぬよう賊の追捕と同時に、市中の狙われそうな大店に目をくばるよう指示しておる」

「…………」

「長月、もし、賊の所在が知れたら、定廻りの者たちを使え」

盗賊の捕縛は、定廻りと臨時廻り同心の仕事である。隼人のような隠密廻りは、あくまでも隠密裡に探るのがたてまえなのである。

「心得てございます」

隼人は、犯人捕縛の手柄が定廻りや臨時廻りの者になることにも、とくに不満はもっていなかった。

そのかわりといってはおかしいが、隠密廻りには市内巡視の役目はなく、奉行に直属して探索に専任できるのだ。

隼人が頭をさげて立ち上がると、長月、と言って、筒井が呼びとめた。

「油断いたすなよ。……榎木と同じような目にあわせたくはないのでな」

筒井の声には、直属の配下を思いやる気持がこもっていた。

「ありがたき、お言葉にございます」

隼人は、もう一度頭をさげ、廊下へ出た。

床を踏む足音に驚いたのか、ジーという鳴き声をあげて油蟬が松の幹から飛びたった。

むっとするような暑熱が、隼人をつつんだ。

9

八吉は八百屋の裏の八手《やつで》の陰に身をひそめていた。

八手の大きなぼってりとした葉の間から、忠兵衛長屋の手前の部屋の雨戸が、正面に見えた。そこが、春米屋のあるじから聞いた彦造の住居である。

八吉がその場にひそんでから、一刻《いっとき》（二時間）以上経つが、雨戸はしまったままで、人のいる気配はない。

すでに、五ツ（午後八時）を過ぎ、長屋の灯《ひ》も消えて、あたりはひっそりと寝静まっていた。

……今夜も、一杯やってるんだろうよ。

まともに小間物の商いをしていれば、とっくに帰ってきていい時間だが、彦造は、このところ遊び人のような暮らしぶりである。八吉は、日が沈んでも帰ってくるまいとは思っていた。

まァ、町木戸の閉まる四ツ（午後十時）までには、帰ってくるだろうと見当をつけ、八吉は八手の陰に転がっていた漬物の重《おも》しにでも使ったらしい丸石の上に腰を落とした。

涼しい風が、日中の暑さを忘れさせてくれる。涼風のせいか、藪蚊《やぶか》もすくなかった。ときおり足元のまわりでかすかな羽音をさせたが、気になるほどでもなかった。

四ツを過ぎても、彦造は姿を見せなかった。

「親分、かわりますぜ」

後ろから利助が、足音を忍ばせて近寄ってきた。

今夜は、彦造があらわれるまで利助と三郎にも交替させて、夜通し見張る手筈《てはず》になっていた。

「利助、頼むぜ。やつが部屋に入ったのを見届けたら、知らせるんだ」

八吉は念をおして立ち上がった。

ここから三町ほど離れた浅草御蔵の前に、八吉の馴染みのそば屋があった。そこには三郎もいて、仮眠をとるため二階の一部屋が借りてあったのだ。

翌朝、七ッ（午前四時）ごろ、八吉は目を覚ました。そばで、利助が座布団を枕に眠っている。かわって三郎が見張っているようだが、何の連絡もなかったところをみると、彦造は長屋に帰ってこなかったということだろう。

八吉は大きく伸びをして、裏の戸口から外へ出た。払暁《ふつぎょう》には早かったが、東の空にかすかな明らみがある。

行って見ると、三郎は八手の陰に腰を落とし、両膝をかかえるようにして、長屋の方へ目をむけていた。

「姿を見せなかったようだな」

「へい、犬の子一匹通りませんでした」

「かわろう」

「いえ、ここにいっしょにいますよ。もうすぐ夜明けのようで……」

三郎は、まだ十八である。少し赤くなった目にも、生き生きとしたひかりがやどっていた。

やがて、東の空が白らみ、家並の折り重なった屋根が黒く浮き上がると、それほど時をおかずに朝日が昇り、まだ静寂のなかにある江戸の町に射るような光をなげた。

やがて、長屋やちかくの店《たな》の住人も起きだし、彼此《おちこち》から女の声や雨戸を開ける音などが聞こえはじめた。

「ここまでか」

八吉は立ち上がった。住人が動き出せば、八手の陰にひそんでいることもできなかった。それに、彦造の朝帰りを待つなら、別の場所からでも見張れる。

いったん、八吉と三郎はそば屋にもどり、主人に茶漬けをつくってもらい空《す》き っ腹《ぱら》にかきこんでから外に出た。

それから、彦造の朝帰りを待つつもりで、通りの商家の板塀の陰から長屋へつづく露地の入口を見張ったが、彦造はあらわれなかった。

そうこうしているうちに、四ツ（午前十時）をすぎた。出職《でしょく》の者はとっくに仕事場に出かけ、通りには老若男女が賑やかに行き交っている。

「妙だな……」

八吉は胸騒ぎがした。

金を持っている彦造が飲み過ぎて朝帰りということは考えられるが、流連《いつづけ》ということはないはずである。彦造のような男が度を越した散財をすれば目立つし、無防備なわが身を他人の目のなかに昼夜さらしておくのは不安なはずであった。

八吉は利吉と三郎をその場に残して、南御番所に足をむけた。このことを隼人に報《し》らせておこうと思ったのだ。

「彦造が長屋に、帰られねえだと」

八吉から話を聞いた隼人も、おかしいと思ったようだ。

「踏み込んでみるか」

そう言うと、隼人は足早に歩きだした。八吉も足を速めて、後につづいた。

長屋の井戸端にいた女たちが、隼人と八吉たち三人を見て顔をこわばせ口をつぐんだ。八丁堀の同心と岡っ引きたちであることは、一目で知れる。洗濯や水汲《みずく》みにきていた三人の女たちの手がとまり、目が隼人たちに釘付けになった。

「騒がせてすまねえな」

隼人は、笑いをうかべて女たちのそばに立った。

「なに、てえしたことじゃァねえんだ。角《かど》のな、彦造のことよ。女ぐせが悪《わり》いようなので、少し意見をしとこうと思ってな」

隼人の軽口に、女たちのこわばった表情がゆるんだ。その口元に、卑猥《ひわい》な嗤《わら》いがうかんだ年増《としま》もいる。

「彦造のやつ、昨夜もどらねえようだが、いつもそうなのかい」

隼人は盥《たらい》の前にかがみこんでいる年増に訊いた。

「そんなことはありませんよ。飲んで遅く帰ることは、ちょくちょくだけどね」

年増はそう言って、盥のなかの衣類をゴシゴシこすりだした。

「若い女や侍が、訪ねてくることはなかったかい」

「いいえ、いつもひとりでしたよ」

「そうかい、手間をとらせたな」

隼人はそう言って、その場を離れ、閉めきった雨戸の前に立った。

「八吉、開けてみろい」

「へい」

八吉が雨戸を引くと、すぐに開いた。

狭い土間があり、上がり框のむこうに四畳半の部屋があるだけの長屋である。むろん、彦造の姿はなかった。部屋の隅に行灯《あんどん》と古い枕屏風《まくらびょうぶ》があり、そのむこうに夜具が積んであった。

仕切り壁に縦縞の着物がひとつ掛けてあり、その下に商売道具だったらしい小間物を入れる引き出しがいくつか積んである。

隼人は雪駄《せった》をぬいで、座敷へあがった。八吉も上がりこみ、利吉と三郎が土間まわりを調べはじめた。

「いい物があるじゃァねえか」

隼人は引き出しをあけ、櫛や簪などに目をとめた。銀細工や鼈甲《べっこう》などを使った高価な物もあった。

「旦那、金がありますぜ」

奥の壁に小さな縁起棚《えんぎだな》があり、そこから銭箱のような物を取って、八吉が手にしていた。

隼人が覗くと、小判はなかったが、一文銭にまじって一分銀や小粒銀などがかなりあった。ざっと見積もっただけでも、二、三両はありそうである。

「姿をくらませたわけじゃァねえな」

この長屋にもどってこない気なら、これだけの金を置いていくはずはなかった。

「旦那、何か紙がありやすぜ」

八吉が縁起棚の隅にあったらしい、紙片を手にしていた。

「図面だ……」

付近の略図と一軒の大店らしい間取りが、筆でかんたんに記してあった。店の名は書いてなかったが、すぐ前に川が描かれている。川には橋があり、道浄橋《どうじょうばし》と記されていた。

「布袋屋だ！」

隼人はお駒から訊いた話を思い出した。川ではないが、布袋屋の前には堀があり道浄橋がかかっている。

「八吉、おめえ、花川戸の船宿で彦造と牢人たちが図面のようなものを広げて密談してたといったな。おそらく、これだぜ。布袋屋に押し込む相談をしてたにちがいねえ」

隼人が言った。

「旦那、あっしもそう思いやすぜ。………いつ、押し込む気だろう」

日時を示すようなものは何も記されていなかった。

「分からねえ。だが、そう遠い先じゃァねえだろう」

お駒の話だと、すでに彦造は布袋屋の女中を手なずけているようなのだ。

「旦那、こいつはどうしやす」

八吉は手にした図面を畳みながら訊いた。

縁起棚に図面を置いたままなのは、彦造が町方に目をつけられていると思っていない証拠である。ここで、部屋を探ったことが彦造に知れれば、布袋屋への押し込みは中止するはずだった。

「そっと、もどしておけ。八吉、布袋屋に張り込めば、夜盗どもを一気に捕《と》れるかもしれねえぜ」

隼人は低い声で言った。

第四章　地獄屋敷

1

大川にかかる吾妻橋をぐるとすぐに、竹町《たけちょう》の渡しと呼ばれる渡し場がある。ここは、浅草と本所の竹町をむすぶ渡し船が多く行き来していた。

この当時、浅草から見て対岸になる本所や向島《むこうじま》などは、川向こうと呼ばれて府外の意識が強かったし、逆に本所や向島の住人が浅草方面にいくときは、お江戸へ行く、と言っていた。それほど田舎だったのである。

その本所側の竹町の桟橋ちかくの舫《もや》い杭《ぐい》に、若い女の死体がひっかかっていた。早朝、渡し船の船頭が、川岸ちかくの杭にひっかかっている赤い物に気付いて近寄って見ると、襦袢《じゅばん》姿の女だった。

すでに死んでいることは一目で知れた。女は半裸にちかい姿で、肌は臘《ろう》のように白く、長いざんばら髪が黒い海草のように川面をただよっていた。

船頭の知らせで仲間の船頭やちかくの住人が、何人か集まってきた。そして、女の持ち物でも落ちていないかと、付近を探していた若い船頭が、そこから十間《けん》とはなれていない岸辺の杭に別の死体がひっかかっているのを発見した。

「おい、こっちにもいるぜ」

若い船頭は、大声で仲間を呼んだ。

見ると、こっちは男である。角帯《かくおび》に小袖姿。若い町人ふうである。

「こりゃァ、相対死《あいたいじに》だぜ」

年配の船頭が言った。

相対死とは心中である。若い男女がいっしょに死んでいるとなれば、まず心中と見るだろうが、入水《じゅすい》ではなさそうだった。その証拠に、女の赤い襦袢の胸のあたりが黒い血に染まっている。

「何かあっちゃァめんどうだ。番屋に知らせた方がいい」

年配の船頭の判断で、若い船頭がちかくの番屋に走った。

それから、二刻《ふたとき》(四時間)ほどして、隼人と八吉が現場に姿を見せた。南御番所に出向いた隼人は、用部屋にいた同心からことの次第を聞き、八吉にも知らせて足を運んできたのである。

すでに、ふたつの死体は叢《くさむら》に引き上げられ、あおむけに並んでいた。その死体のぐるりを、天野と手先の岡っ引きたちがとりかこんでいた。死体には、ふたりの物と思われる濡れた衣類が掛けられてあったが、両足と顔は露出したままである。

「長月どの、相対死のようでござる」

天野が隼人の顔を見て断定するように言った。

天野の話だと、半刻《はんとき》（一時間）ほど前に来て死体を引き上げ検死したのち、付近を探索したという。

「どうやら、お互い胸を匕首《あいくち》で突きあったようでござる。ふたりの胸にその傷がござる」

なるほど、着物の胸部がうっすらと血に染まっていた。川の水に洗われたせいだろう、黒い染みがくすんだように見える。

「突き合ったあと、ふたりそろって川へ飛びこんだというのか」

隼人が訊いた。

「いや、舟でござる」

「舟だと」

「すこし下流に、猪牙舟が流れついていました。その舟底に血のついた匕首がふたつ落ちてまして。……ふたりは舟で突き合い、死に切れずに手を取り合って川に入ったと思われます」

「うむ……」

隼人は女の髪に挿してある櫛に目をとめた。深く髪に挿してあったため、川の水に洗われても抜けなかったようだ。

上物だった。梅花模様の螺鈿《らでん》がちりばめてある。

「この女、お清ではないか！」

行方不明になっている津田屋の女中のお清が、梅花模様の螺鈿のはいった櫛をもっていた、と母親が話していた。

見ると、歳《とし》の頃は十七、八。うりざね顔で、鼻筋のとおった美形である。隼人がそばにいる八吉に櫛のことを話すと、

「旦那、あっしもお清だと思いやすぜ」

と、十手を撫ぜながら答えた。

「すると、こっちの若いのは彦造では！」

隼人の顔がひきしまった。いつもは冷ややかな翳《かげ》をおびている顔に、かすかに朱がさしている。

死骸の顔は、煩悶《はんもん》するように唇をゆがめ眉根を寄せていたが、色白の端整な顔立ちをしていた。役者を思わせるような美男である。

もし、彦造であれば、盗賊一味を泳がせておいて布袋屋を襲ったときに一網打尽にするという計画は頓挫《とんざ》する。そればかりではない。彦造自身をとらえて、口をわらせるという方法もとれなくなるのだ。まさに、つかんでいた尻尾が切れたことになる。

「旦那、この野郎、彦造かもしれませんぜ」

八吉の声には苛立《いらだ》ったひびきがあった。やっと突きとめた彦造に死なれては、何の役にもたたないのである。

「おい、利助、ひとっ走りして、津田屋の久兵衛を連れてこい」

八吉がそばにいた利助に言った。

隼人も八吉も、お清と彦造の顔を知らなかった。津田屋の久兵衛なら、ふたりの顔を知っているはずだった。ともかく、いまは男女の身元を割り出すことが先である。

走りだした利助の背を見送ったあと、隼人は女の死体の前にかがみこんだ。

すでに、町方の手で衣類をはがされ、すっ裸にされて検死されたらしい。腰のあたりに緋色《ひいろ》の二布《ふたぬの》と、その上に襦袢が上半身をおおうようにかけてあった。

隼人は十手の先で、襦袢をめくって見た。わずかに土気色《つちけいろ》をおびていたが、白臘のようになめらかな肌である。

腹はふくれていなかった。水を飲んでいない証拠である。

左の乳房の上に刺し傷があった。まわりにどす黒い血がこびりついている。匕首か小刀のような刃物で心の臓をひと突きされたようだ。激しい出血で、そう長くもたずに死んだはずである。

乳房は小さな椀《わん》を伏せたようなふくらみで、かすかに色づいた乳首は少女を思わせるものだった。

……まだ、男を知らねえ体のようだが。

隼人は襦袢をもとにもどし、二布をめくって下肢をひらいて見た。わずかな陰毛は濡れて肌に張りつき、さえぎる物もなく下腹部があらわになった。

陰門にかすかな裂傷があった。見ると、内股《うちもも》にも爪でひっ掻《か》いたような傷がいくつもある。

……生娘じゃァねえが……。

好き合った者同士の情交《まぐわい》とは、ちがうようだった。

嫌がる娘を暴力的に姦淫《かんいん》したのではないか。それも、傷の多さからみて、一度や二度の強姦ではなさそうだった。

隼人は、ふたりは相対死したのではないと思った。

「舟を見てみるぜ」

八吉を連れて、下流の岸に引き寄せられている猪牙舟を見にいった。

なるほど、天野の言うとおり舟底に血のついた匕首がふたつ、落ちている。舟縁《ふなべり》には血も付着していた。

「女の着物はどうした」

隼人が八吉に訊《き》いた。まさか、女が襦袢と二布だけで、舟に乗り込んだとは思えない。

「天野さまのお話じゃァ、流されているうちに帯と着物は脱げたか、それとも舟の上で裸で情を通じ、川に身を投げる前に流したんじゃァねえかと。いずれにしろ、いまごろは江戸湾に流れちまっただろうと言ってやしたが……」

「うむ……」

ふたりの体だけ杭にひっかかって、着物と帯は流されたというのも妙である。それに、心の臓を突き合ったにしては、出血が少なすぎるような気がした。舟縁に付着しているだけで、舟底や舟梁《ふなばり》などにはまったく痕跡がないのだ。

とにかく、相対死したのでなければ、ふたりは殺されたとみなければならない。それに、何者かがふたりを刺殺し、死体を舟で運んで流したと見る方が、現場の状況とも合っている。

そうこうしているうちに、利助が久兵衛を連れてもどってきた。よほど急いで来たとみえ、利助も久兵衛もびっしょり汗をかいていた。

久兵衛は手ぬぐいで、しきりに顔の汗をぬぐいながら横たわっているふたつの死体に目を落とし、

「お、お清と、彦造でございます」

と声を震わせて言った。

2

隼人は天野に、ふたりは相対死ではなく、殺されたようだと話した。すでに、天野には小間物屋の彦造が、盗賊の手引役をはたし、長屋で見つけた図面から次は布袋屋を狙っているらしいことも伝えてあった。

そのため昨夜から、天野たち定廻り同心が手先とともに布袋屋に張り込んでいたので、死んでいるのが彦造と聞くと、天野もただの相対死ではないと察したようだ。

「すると、口封じでござろうか」

天野の顔もこわばっていた。

「そうとしか思えねえな」

相対死を装った口封じであろう。

……それにしても、早えな。

隼人が長屋に踏み込み図面を見つけたのは一昨日である。南御番所の手の者で張り込みを開始した夜に、彦造は一味の手で始末されたことになる。

隼人は、手際がよすぎる、と思った。

……こっちの動きが、もれているのではないか。

そう思ったとき、隼人の胸に強い疑念が生じた。

思いあたることがあった。隼人が大川端で大柄な武士に襲撃されたとき、武士は隼人のことを、八丁堀の鬼隼人か、と問い質《ただ》していた。何者かが、隼人のことを話した証拠である。それに、同夜、同じ相手に榎本が襲われたことを考え合わせれば、隼人が磯野屋にいたことも知っていたとみなければならない。

南御番所内に内通者がいるか、たえず、与力や同心の動きを見張っている者たちがいるかである。

隼人は自分の身辺の者を思いめぐらせてみたが、内通者と思われるような者はうかばなかった。かといって、複数の者たちが、八丁堀の動きに目をひからせ与力や同心を尾行しているとも考えにくい。

……ともかく、迂闊《うかつ》に動けねえ。

隼人は、奉行所内にも一味の目があるとみた方がいいと思った。後のことは天野にまかせ、隼人は八吉だけを連れて、その場を離れた。

「旦那、これからどこへ」

足早に歩いていく隼人の後を追いながら、八吉が訊いた。

「布袋屋だよ」

「布袋屋……」

八吉が怪訝《けげん》な顔をした。

「お千代がいるだろう。早くしねえと、一味の手に落ちるぜ」

隼人には、もうひとつ手繰《たぐ》るべき糸があった。布袋屋のお千代である。おそらく、彦造に手なずけられ、布袋屋に押し入るための手引のような役割をになうことになっているはずである。

本人はそのことを知らされてはいないだろうが、彦造との話のなかで一味について何か話を聞いている可能性もあった。

それに、放っておけば、消息を絶った四人の娘たちと同じように、どこかへ連れ去られるはずなのだ。

「そうか、お千代がいたか」

八吉もそのことに気付いたようだ。

お千代は、布袋屋にいた。隼人は主人の五郎兵衛にことわって、お千代を店の外に連れ出した。店の者の目があるところでは、喋らないだろうと思ったからである。

夏の陽射しを避けるため、ちかくの稲荷の木陰で話を聞くことにした。

降るような蟬しぐれである。欅《けやき》の葉叢《はむら》から洩《も》れた陽射しが、お千代の色白の顔にちいさな光の斑《まだら》をつくっていた。

お千代の顔はこわばり、ほそい肩がおびえたように顫《ふる》えていた。無理もない。相手が八丁堀の同心である。町人ならかなり豪胆の者でも、町方の同心に呼び出されれば顫えがくる。まして、お千代はまだ十八の娘である。

「お千代、こわがることはねえぜ。おめえは何もしちゃァいねんだ。ちょっと話を聞くだけよ」

隼人はおだやかな声で言った。

「は、はい……」

「小間物屋の彦造が死んだぜ」

唐突に、隼人が言った。

一瞬、お千代は驚いたように目を剝《む》いたが、悲痛に顔をゆがませ立っていられないほど激しく身を顫わせた。

「酷《こく》なようだが、おめえにはよかったんだぜ。死んだのは、ひとりじゃァねえ。箱崎町の津田屋の女中で、お清ってえ十八の器量のいい娘といっしょだよ。……お清は、彦造にもらったいい櫛を挿してたぜ」

「………！」

「おめえに似てやしねえか。……お清だけじゃァねんだぜ。その前に、小網町の島田屋のお浜という娘が行方をたってる。この娘も、彦造から簪《かんざし》をもらってな、逢引を重ねてたようなんだ。……まだ、あるぜ、富沢町のおとよ、鍋町のお玉、ふたりとも評判の器量よしでな、彦造に騙されてどこかへ連れ去られちまったようなんだ。おれは、どこかに売られたとみてるんだがな」

「ま、まさか！」

お千代の顔がひき攣《つ》ったようにこわばり表情がとまった。恐怖の上に憤怒を塗り重ねたような顔をしている。

「嘘じゃァねえぜ。彦造はな、小間物を売り歩きながら、若い器量のいい娘を目につけ、高価な簪や櫛で女の気をひいて、てめえのものにし、どこかへ売りとばしているにちげえねえや」

隼人は、盗賊の手引のことは言わなかった。これ以上怯《おび》えさせると、恐怖のあまり喋れなくなるからだ。

「なあ、お千代、彦造はおめえの気にいった簪か櫛をくれるっていわなかったかい」

「い、言った。……鼈甲《べっこう》の玉簪《たまかんざし》を……」

「上物だな」

「はい、……好きなおめえのためだ。大名の奥方が挿すような上物をくれるって」

お千代の顔にかすかに赤みがさし、昂《たか》ぶった声になった。恐怖より怒りが、強く胸にこみあげてきたらしい。

「それで、いつのことだい。簪をくれるって言ったのは」

「明後日《あさって》の夜、子《ね》ノ刻《こく》（午前零時）ごろ、大戸のくぐり戸から出てくれれば、おもてで簪を持って待ってるって。そ、そのあと、彦造さんの家にいっしょに行く約束がしてあったけど……」

「それが、彦造の手か」

隼人は、そうやって島田屋も津田屋も中から女に開けさせて、賊を侵入させたにちがいない。その後、女の口をふさぐためと身を売るために、連れ去ったのだ。

おとよとお玉の場合は、店に押し込む手引はなく、身を売るためにだけ連れだしたものなのだろう。

「そうすると、明後日の夜、一味は布袋屋に押し込むつもりじゃァありませんかね」

八吉が、お千代には聞こえないよう隼人の耳元で言った。

「いや、警戒して布袋屋にはちかづくまい」

一味が、八丁堀の動きをつかんだからこそ、相対死に見せて彦造を始末したのである。抜け目のない一味が、八丁堀の待つ火の中に飛び込むような真似をするはずがない。

「お千代、おめえは何もしちゃァいねえ。悪い男に騙されずにすんでよかったと思いな」

隼人はお千代にむきなおって諭《さと》すように言った。

お千代は、首をうなだれてひとつうなずくと、顔をゆがめて泣きだしそうになった。

「泣くのはこらえて、もう少し話を聞かせてもらいてえ。……彦造は、ほかに何か言っちゃいなかったかい」

「な、なにかって……」

「そうよな。ちかごろ大金が入るとか」

「そう言えば、ちかいうちに日本橋のおもて通りに小間物の店をだすつもりだって、夢みたいなこと言ってたけど」

「…………」

おそらく、彦造にも盗賊一味から相応の金が渡るような約束がしてあったのであろう。

「彦造は布袋屋のことをいろいろ訊きゃァしなかったかい」

「訊きました。夜、おまえと逢うために店の中の様子を知っておきたいと言って。……旦那さまや番頭さんたちの寝てる部屋とか、薬種をしまっておく土蔵、内蔵の場所まで訊きました」

「そうかい」

やはり、彦造はお千代を利用して店の様子をさぐったのだ。

「侍のことを話しちゃァいなかったかい」

隼人は別のことを訊いた。

「話してました。おれには、剣術遣いがついてるんだって」

「剣術遣いだと」

隼人の頭に大柄な武士のことがよぎった。盗賊一味は相応の腕の武士がそろっていたが、抜き出ているのは、あの男である。

「ええ、剣術の道場をひらいてるほどの人だと言ってたけど」

「そいつの名は」

隼人の声が大きくなった。

「聞いてません」

「道場のある場所は」

「……………」

お千代は、困惑したように眉根を寄せて首を横にふった。

どうやら名も場所も、彦造はお千代に話さなかったようだ。ただ、これで彦造が盗賊の手先として、押し込む大店の物色や店内の様子を調べて一味に知らせていたことははっきりした。縁起棚の上にあった図面は、それを一味に伝えるためのものだったのであろう。

それから、盗賊一味にかかわることをいろいろ訊いてみたが、お千代はほかのことは聞いてないようだった。

「さて、お千代、しばらく身を隠さねばならんな」

隼人はこのままお千代が布袋屋で奉公をつづけることは危険だと思っていた。

「どうして、あたしが隠れないといけないんですか」

お千代は、不安そうな顔をした。

「なに、彦造のほかにも、おめえをかどわかして売ろうとしてるやつがいるのさ。それで、しばらく、布袋屋から離れていたほうがいい。布袋屋の主人には、おれから、また奉公にもどれるように話しておいてやるぜ」

隼人は、お駒のところがいいだろう、と思った。あそこは、女だけの住居《すまい》で、お千代が身を隠すにはもってこいの場所だ。

「しばらく、三味線でも習って、のんびりするがいい」

隼人はそう言って口元をゆるめた。

白い歯がこぼれ、端整な顔にやさしげな表情がういたが、すぐに微笑を消し冷ややかな面貌《おもて》にもどった。

3

それから二日後、念のため布袋屋の周辺に捕り方を待機させ、隼人や天野たちが賊のあらわれるのを待ったが、まったく姿をあらわさなかった。

これで、つかんでいた糸が完全に切れたわけだが、隼人にはいくつか一味を追及する方法が残っていた。

三つあった。ひとつは、奉行の筒井が言っていた小浜と彦坂の饗応の場と方法を探ることである。隼人も筒井が危惧していたように、ただの酒宴とは異なる陰湿な饗宴がおこなわれているような気がしていた。筒井の言うように、そこから盗賊とつながる何かがでてくるかもしれない。

ふたつ目は、お千代の言っていた剣術遣いのことである。大柄な武士なら、神道無念流である。斉藤弥九郎さえ知らなかったのだから、そう大きな道場ではない。おそらく、小さな町道場であろう。あるいは、道場はなく、庭先で何人か指南しているだけなのかもしれない。

それでも、探しようはある。八吉の話では彦造が侍と密会していたのは、花川戸である。そう遠くないところに侍の住居があると見ていい。浅草、本所、両国あたりを探れば、道場は割り出せるだろう、と隼人は踏んだ。

三つ目は、隼人自身が囮《おとり》になって、あの大柄な武士をおびきだし、捕らえることだった。隼人は南御番所内に内通者がいるか、与力や同心を尾けてその動向を探っている者がいるのではないかと思っていた。

しかも、隠密に綾部屋敷を探っていた榎本と自分だけが襲われている。そこに、盗賊と綾部家のかかわりを秘匿しようとする者の意図が、働いているのではないかと隼人は思ったのだ。

そこで、もう一度、隼人が綾部屋敷を見張り、人気《ひとけ》のない柳原通りあたりを帰宅すれば、かならず仕掛けてくるだろうと読んだのである。

隼人は小浜と彦坂が利用する料理屋をつきとめる役を、小者の庄助に命じた。むずかしいことではなかった。どちらかの屋敷を見張り、尾行すればいいのだ。

「庄助、小浜家がよかろう。いずれ、柳橋か、下谷《したや》の池之端《いけのはた》あたりであろうが、料理屋だけをつかめばよい」

小浜の屋敷は、下谷の御成街道《おなりかいどう》沿いにあった。幕府の重臣を歓待するとすれば、高級料亭のはずで、まず、柳橋か池之端あたりだろうと踏んだのである。

道場の探索の方は、八吉に命じた。ふたりの下っ引きも使って、浅草から近隣の町へ聞き込みをひろげていけば、かならずそれらしい道場を探しだせると隼人は思った。

「八吉、手は出すなよ」

隼人は念をおした。

相手は神道無念流の遣い手で、多くの者を斬殺している凶悪な盗賊である。身辺まで探索の手が伸びていることを知れば、斬ることを躊躇《ちゅうちょ》しないはずだ。

「へい、承知しておりやす。……あっしのことより、旦那でさァ、仕掛けるときは、あっしも手伝わせてくださいよ」

八吉は丸い目を隼人にむけて言った。

ちかいうちに隼人が囮になり、大柄な武士をおびきだすつもりだと八吉に話したからである。

「そのときは頼む」

隼人は八吉だけでなく、天野にも話して手を借り、大柄な武士を捕縛するつもりでいた。

それから三日後、庄吉が小浜の利用している料理茶屋をつかんできた。

「柳橋の笹乃屋《ささのや》のようです。念のため、店の下働きの者にも確かめてみましたが、頻繁に使っているようで、いつも身分の高そうなお侍といっしょだそうです」

「笹乃屋な……」

隼人は腑に落ちなかった。

笹乃屋のことは知っていた。隼人が贔屓《ひいき》にしている磯野屋とそう遠くない大川端にある老舗である。たしかに、高級ではあるが、柳橋では二流だった。店構えもそう大きくはなく、幕府の重臣を饗応するのにふさわしい店とは思えなかった。

隼人はその日、柳橋に出かけ、みずからの足で笹乃屋を探ってみた。

庄助が話を聞いたという下働きの者と女中から話を聞くと、小浜と彦坂は月に一、二度は笹乃屋を利用し、何人かの侍と同席して酒席をもつという。

「いつも、二階を借り切りましてね。……少し飲んだあと、店の船で大川に出て、楽しむことがおおいようでございますよ」

おつたと名乗った年増の女中は、身をかたくしてそう話した。

笹乃屋には、船遊び用の屋形船があって座敷の酒席に飽きた客は船で大川に出る者もいるという。

「そうかい、若い娘を同席させるようなことはねえかい」

隼人は行方不明の娘たちのことが気になって、そう訊いてみた。

「いえ、まったく、芸者衆を呼ぶこともありませんよ。いつも、しずかに飲んでおられますが」

おつたは、はっきりと否定した。

……妙だな。

と隼人は思った。

筒井のいうように、特別な宴席とも思われない。それに、幕閣を籠絡しようとする饗応にしては地味過ぎるし、まったく女がつかないというのもかえっておかしい。

……お駒に頼むか。

隼人は、お駒に女中として笹乃屋に入りこんでもらい、小浜たちの酒席の様子を探ってもらおうと思った。お駒は、三味線が弾けるし、着こなしも粋で、芸者としてもとおるが、酒席で体を売ることを強要されるような目にはあわせたくなかった。

「旦那の頼みなら、芸者でもよかったんだけど……」

お駒は色っぽい目を隼人にむけて言った。

「おめえが芸者で出るなら、おれが客として通うぜ。それじゃァ、かんじんの相手があらわれねえだろうよ」

隼人は軽口をたたいて、お駒の住む仕舞屋《しもたや》を出た。

その日、隼人はすぐに手をうった。柳橋界隈の料理茶屋や船宿などに女中や下働きの者を斡旋している口入《くちいれ》れ屋《や》に頼んで、お駒を笹乃屋に送り込んだのである。

4

榎《えのき》の葉叢《はむら》が風に揺れていた。前方の綾部屋敷の裏門はしめきったままで、屋敷内は森閑《しんかん》としていた。

隼人は裏門の見える榎の陰で、一刻《いっとき》（二時間）ほど立っていた。

すでに、四ツ（午後十時）は過ぎ、あたりにはまったく人のいる気配はない。上空に三日月があり、屋敷内からかすかな虫の音が聞こえてくる。

……今夜あたり、くるはずだが。

隼人が深夜、綾部屋敷を見張るようになって三日目である。そろそろ、敵の襲撃があってもいいころである。

隼人は榎の陰から通りへ出ると、ひとり神田方面へむかった。湯島から神田川沿いまでは、武家屋敷や町屋の多い通りを歩いた。ところどころに、赤提灯を出した縄暖簾《なわのれん》の飲み屋や料理屋などの灯《ひ》がある。すでに家並は雨戸をしめていたが、こうしたおもて通りでは襲えないはずだ。

隼人は、来るなら柳原通りしかないと読んでいた。

昌平橋を渡り、八ツ小路から柳原通りにはいったところで、一町ほど背後に町人ふうの人影があらわれた。八吉である。この辺りから隼人を尾行し、相手があらわれれば駆けつける手筈になっていた。

八吉だけではない。さらにその後には天野もいた。ふたりは土手際の柳や町屋の板塀の陰などに身を隠し、たくみに後を尾けてきていた。

「捕り方を集めれば、相手があらわれまい。相手がひとりなら、三人でじゅうぶんだ」

と言って、隼人は八吉と天野だけにひそかに伝えた。

番所内にもれれば、相手に通じる恐れがあるからだが、隼人は内通者がいるらしいことはふたりに話さなかった。確証もなく、南御番所の仲間に疑いの目をむけることはさけたかったからだ。

「長月どの、敵がひとりでなかったらどうします」

天野は不安そうな顔をむけた。

天野もそこそこ剣を遣えたが、盗賊が武士集団であり、いずれも相応の遣い手であることを知っていたからである。

「そのときは、呼び子を吹いてくれ」

隼人は、念のためちかくの番屋に知らせておくと言った。

柳原通りは、風があった。堤の柳や道ぎわの丈の高い雑草が風になびいている。日中は古着屋や古道具屋の屋台店が軒を連ね人通りもおおいのだが、いまは草木を揺らす風音と虫の音があたりを支配していた。

夜になると、ときおり、柳の樹陰から夜鷹などが酔客の袖を引く場所だが、さすがに子ノ刻（午前零時）ちかくなると、ほとんど人影はない。

前方に神田川にかかる和泉橋が見え、左手に柳森稲荷の杜《もり》が迫ってきた。このあたりは、柳原通りでも人家の灯《ひ》のないさびしい場所である。

……いるぜ！

稲荷をかこむ杜の松の樹陰に、人影らしいものが見えた。

夜鷹ではない。大柄な男の影だ。

隼人はすこし足をゆるめ、兼定の鯉口《こいくち》を切った。背後のふたりとの間隔は、しだいにせばまる。

十間ほどの距離に来たとき、人影が動き隼人の行く手をさえぎるように道の中ほどに出てきた。

大柄の武士である。顔を黒覆面で隠し、袴の股《もも》だちをとっていた。以前、大川端で立ち合ったときと同じ身支度《みじたく》である。

「出やがったな」

隼人は足をとめて対峙《たいじ》した。

「うぬの命、もらいうける」

武士はくぐもったような声で言った。隼人を見つめた双眸が、猛禽のようにひかっている。対峙しただけで、異様な威圧感があった。

ふたりの間合は、およそ三間。武士が抜刀し、刀身をすこし下げ平青眼に構えをとったときだった。隼人の背後で、足音がした。八吉と天野が走り寄る音である。

ふっ、と、武士の双眸が細くなった。嗤《わら》ったようである。

「やはり、ひとりではなかったか」

つぶやくよう声で言うと、武士は一歩下がり、左手を挙げた。

と、武士が身を隠していた松の樹陰から、さらにふたりの人影が走り出た。それぞれ体軀は異なったが、同じように黒覆面で顔を隠し、袴《はかま》の股《もも》だちをとっていた。

「そっちにも、仲間がいたかい」

隼人は走り寄るふたりの姿から腕のほどを見てとった。

長身と中肉中背の武士だが、胸が厚く、腰がどっしりした感じをあたえる。大柄な武士ほどではないが、同じ神道無念流の遣い手とみなければならない。隼人は、八吉の鉤縄と天野の腕では太刀打ちできないと読んだ。

「八吉、捕り方を集めろ！」

背後に走り寄った八吉に、叫んだ。

へい、と応えて、八吉が呼び子を吹く。ピリピリという甲高い音が、夜陰を裂くようにひびいた。

だが、三人の武士は動揺しなかった。一瞬、お互いの顔を見合わせたが、逃げようともしない。

「うぬらを斬る間はあるわ」

言いざま、大柄の武士が、一歩踏み込み隼人との間合をせばめてきた。

「天野、八吉、引け！」

叫びざま隼人は抜刀し、道の中央に立った。三人の武士の足をとめ、その間にふたりを逃がそうとしたのだ。

だが、ふたりは逃げなかった。

「長月さんをおいて、逃げられませぬ」

「旦那、ひとりは、あっしが相手しますぜ」

それぞれ叫ぶと、天野は抜刀し、つづいて八吉が腰にぶらさげた鉤縄を取り出した。

ふたりの武士がまわりこむように走り、天野と八吉に向き合った。

5

「鬼隼人、うぬの相手はおれだ」

大柄な武士は平青眼に構えたまま、隼人との斬撃の間合に迫ってきた。蘇芳色《すおういろ》の袖が風に揺れ、獲物に迫る大鷲《おおわし》のようである。

武士は切っ先にすさまじい殺気をこめ、ちいさな円を描くようにまわしはじめた。

切っ先が月光を反射《はね》て、白光を曳《ひ》き、スッと大柄の武士の体が間合から遠ざかったような気がした。

光輪の剣である。

斉藤と対峙したときほどの威圧はなかったが、隼人は武士との間合が読めなくなった。いまにも敵刃が眼前に迫ってくるような恐怖を覚え、隼人は身を引こうとした。

その一瞬、隼人の脳裏に斉藤の言葉がよみがえった。

……間積《まづも》りを失った敵は、かならず身を引く、そのとき剣尖《けんせん》が死ぬ。そこへ踏み込んで、袈裟に斬りこむのが光輪の剣でござる。……長月どの、身を引いては、光輪の剣はやぶれませぬぞ。

……身を捨てて前に踏み込まねば！

一瞬、隼人の脳裏に天啓のようにひらめいた。

隼人の剣客としての本能といっていい。この刹那《せつな》のひらめきが、隼人の動きを変えた。

イヤアッ！

裂帛《れっぱく》の気合を発しざま、隼人は眼前の光の輪を断ち斬るように兼定を振りおろした。

キーン、という金属音がひびき、光の輪が消え、青火が八方に散った。

アッ、と声を発して、大柄な武士が身を引いた。瞠《みひら》いた眼に、驚愕の色がういている。

武士の体が、はっきりと見えた。正確に間合を読むこともできる。

「目幻《めくら》ましの剣、破ったぞ！」

隼人は青眼にかまえ、武士との間合をせばめようとした。

そのとき、フッと武士の目が細くなった。嗤ったのである。クッ、ククク……というくぐもった嗤い声さえ聞こえた。

「笑止……。それで、おれの剣を破っただと」

武士は嗤い声を消し、腰をわずかに沈めるとさっきより大きく切っ先で円を描きはじめた。

そのときである。隼人の背後で足音と人の叫び声がした。見ると、岩井《いわい》町の町屋の間に、いくつか提灯の灯《ひ》が動き、あそこだ、急げ、などという声とともに、つづけざまに呼び子の音がひびいた。

その音に呼応するように、八ッ小路の方からも、呼び子の音がおこった。

隼人が連絡しておいた番屋から捕り方たちが駆けつけてきたようだ。

「ここまでのようだな」

ふいに、隼人の前の武士が身を引いた。

引け！　と、他のふたりに命じ、武士は反転して駆けだした。つづいて、八吉と天野に刃をむけていたふたりも踵《きびす》を返して後を追う。

「逃がすか！」

八吉が後を追って駆けだした。

天野は抜き身をひっ下げたまま、その場につっ立っていた。肩口の着物が裂け、二の腕が黒い血に染まっている。

「浅手だ！　長月さん、賊を追ってくれ」

天野が絞り出すような声で言った。

確かに、傷は浅いようだ。腕は動いている。肌を裂いた程度の傷であろう。それに、提灯を手にした捕り方たちが、すぐ近くに駆け寄ってきていた。

咄嗟《とっさ》に、天野を放置しても大事ない、と察知した隼人は、傷口をしばれ、と言い置いて、八吉の後を追った。

三人の武士は和泉橋の方へ走っていた。十間ほど後ろを、八吉が追っている。対岸の神田佐久間町でもチラチラと提灯が動き、月光のなかに捕り方らしい複数の人影が浮かんでいた。

先頭の大柄な武士が、和泉橋の手前でたちどまり、こっちだ、という手振りをして川岸にある石段を駆け降りた。その先が小さな舟着き場になっていて、厚板を渡した桟橋に数艘の猪牙舟が舫ってあった。

一艘の舟に船頭が乗っている。どうやら、三人はそれに乗って逃げる手筈になっていたようだ。

「待ちゃァがれ！」

叫びざま、八吉が手にした鉤縄を放った。

シュッ、というわずかな大気を裂く音を残し、熊の手のような鉤が飛び、最後尾にいた中肉中背の武士の肩口に食い込んだ。

ワッ、という悲鳴をあげ、武士は腰からくだけるように後ろに尻餅《しりもち》をついた。八吉が縄を引いたのだ。

何とか身を起こそうとする武士の背後に、八吉が駆け寄る。

「八吉、近寄るな！」

隼人が叫んだ。

そのとき、武士の手に白刃《はくじん》がきらめいたのを、隼人は見たのだ。

隼人の声に八吉は足をとめ、十手を武士にむけて身構えた。

「そいつは、おれにまかせろ」

すばやく、隼人は身を起こした武士の間合に入り、突いてきた武士の刀身を横にはじいた。

手から離れた武士の刀が夜陰に飛び、体がたたらを踏むように横に泳いだ。その腹部に、峰を返した隼人の兼定がくいこんだ。峰打ちである。

グッ、というめき声をもらし、その場に武士はがっくりと両膝をついた。

それを見た隼人は、後を八吉にまかせ、他のふたりを追うべく石段を駆け降りた。

八吉が縄を打とうと、武士の背後に走り寄ったときだった。渾身の力をふりしぼって上半身を起こした武士は、

「もはや、これまで！」

と叫びざま、腰の小刀を抜いて己の喉を突いた。

「この野郎……！」

首筋から血を噴出させ、うずくまる武士を目の前にして、八吉は捕り縄を手にしたまま
なす術《すべ》もなくその場につっ立っていた。

石段を駆け降りた隼人は、桟橋の上で、ふたりの武士を乗せた舟が神田川を下っていく
のを見送っていた。

櫓《ろ》を漕《こ》ぐ船頭の姿が、淡い月光にかすかに浮かびあがっていた。武士ではないようだ。

手ぬぐいで頬っかぶりし、尻っ端折りしていた。

……あの船頭、どこかで見たような気もするが。

そう思ったが、あまりに人影は薄く、町人らしい身装《みなり》が識別できただけで、何者なのか、
はっきりしなかった。

「旦那ァ、死んじまいやがった」

落胆した八吉の声が頭上でした。見ると、土手の上から八吉が下を覗いている。

隼人は石段を上がり、武士の覆面をとって見た。

「見覚えはないが……」

若い武士だった。牢人だろうか、小袖や袴は着崩《きくず》れしていて、差料《さしりょう》も名のあるものでは
なさそうだった。

「あっしも、はじめて見る顔で」

八吉が小声で言った。

6

柳橋の笹乃屋に、お駒がはいりこんで十日ほど経った。

お駒は通いの女中ということで雇われたが、若くあか抜けした美形で、しかも客あしらいもうまかったので、料理を運んだり宴席の後片付けをするだけでなく、客にこわれて酌をするようなこともあった。

お駒は宴席に出ることをこばまなかった。とくに、武士が客のときは、すすんで客のそばで酌をするようなこともあった。

五日ほどして、身装《みなり》のいい武士が五人、それぞれ駕籠《かご》で乗りつけ、二階の座敷へ入った。

その夜、二階は貸し切りで、他の客はあげなかった。

「今夜のお客は、どなたですか」

お駒が、おしげという年配の女中に訊くと、小浜さまと彦坂さまのお連れの方だという。

連れの名も訊いてみたが、おしげは知らないと答えた。

お駒は、二階の座敷へ料理を運んだおり、上座の武士の脇に膝先をついて、おひとつどうぞ、と言って、銚子をとった。

すばやく、周囲に目をやると、五人とも上物の絽羽織《ろばおり》に袴姿、腰刀の拵《こしら》えも名刀らしいみごとなものばかりである。身分の高い武士たちであることは、一目で知れた。供の者を同行してないところを見ると、お忍びの宴席なのであろう。

「名はなんというな」

恰幅《かっぷく》のいい武士は、目を細めてお駒を見た。

「お駒ともうします」

「そうか、女中にしておくのは惜しい美形じゃのう」

そう言って、ついだ酒を飲み干したが、それだけで何も言わず、臨席の武士と話をはじめた。たわいもない時節の話である。お駒は座敷に腰を落ち着けるわけにもいかず、すぐに腰をあげた。

「お駒ちゃん、今夜の客にお愛想《あいそ》はいらないんだよ」

階下に降りると、おしげがチラッと二階に目をやりながらお駒の耳元でささやいた。台所に下がってから訊くと、二階での小浜さまたちの酒宴は、ほんの半刻《はんとき》（三十分）ほどで、あとは屋形船で、大川に出て二刻《ふたとき》（四時間）はもどってこないという。

「それじゃァ芸者衆も船に乗せて、賑やかにやるんですね」

と、お駒が訊くと、

「それが、女っけなし。……川風に吹かれながらの酒がおつなんですってさ。船は向島あたりから佃島《つくだじま》の下まで、何回か往復するそうだよ」

そう、おしげは言って首をすくめた。

おしげの言うとおり、それからしばらくすると階段を降りる複数の足音がし、店のおもてには出ずに裏口から外へ出ていった。

ひとりだけ、頰隠《ほおかく》し頭巾《ずきん》で顔を隠している男がいた。外部の者には、顔を見られたくないのだろう。店を出るとき、頭巾をかぶったものと思われる。

お駒は、その顔を隠している男が酒をついだ恰幅のいい武士であることを、他の武士たちの顔から知った。

店の裏手はちいさな桟橋になっていて、店で持っている屋形船が繫《つな》いであるはずだった。おそらく、そこから船で大川へ出たのであろう。

その夜、おしげの言うとおり、二刻ほどして屋形船はもどってきた。一行は、ふたたび二階の座敷へ足を運んだが、一杯茶を飲んだだけでそれぞれ駕籠で帰っていった。

翌朝、お駒は八丁堀へ足を運び、隼人と会って、小浜たちの宴席の様子を報《し》らせた。

「それじゃァ、とくにおかしなことはなかったんだな」

隼人は南御番所へむかう道すがら、庄助に御用箱を担がせ、すこし先を歩かせながらお駒の話を聞いた。

「はい……。ただ」

お駒は言いよどんだ。

「ただ、なんだい」

「……二刻も、男だけで酒を酌みかわすというのも、妙な気がしましてね。……それに、帰ってきたときの様子が」

お駒は、船から上がり、二階に腰を落ち着けた客たちに茶を出したが、そのときの武士たちが気になったという。

「どう気になったんだい」

「はい、かくべつおかしなこともなかったんですが、そのときの顔が」

五人は口をつぐんでいたが、その顔には一様に疲労の色があり、口元にうす嗤いをうかべたまま呆然《ぼうぜん》と虚空《こくう》に視線をとめている者もいた。とくに深酔《ふかよ》いしているわけではなかったが、はめをはずした酒宴のあとのような虚脱感が五人の身辺にただよっていたという。

「何かあるな」

隼人もそう感じた。

酒だけで、二刻は長い。あるいは、船の中で人目を忍ぶような宴席をひらいているのかもしれない。

「それに、ひとりだけ頭巾で顔を隠している者がいました」

お駒が言った。

「ほう、そいつの名は」

「それが、分からないんです」

お駒は、その後も聞いてみたが店の者にも隠しているらしく、名は知れなかった。

「そうか。お駒、よくやったぜ。こんど小浜たちが笹乃屋に来たら、その船の中で何をしてるか見てやろうじゃないか。そのとき、頭巾で顔を隠した武士の正体もしれるかもしれんしな」

隼人はそう言って、お駒をねぎらった。

その夜から、隼人は笹乃屋の桟橋にちかい別の桟橋に猪牙舟を用意し、船頭らしい身装《みなり》をさせた八吉をひそませておいた。

隼人たちが柳原通りで、大柄な武士を取り逃がしてから三日経っていた。八吉は浅草界隈の道場をあたっていたが、まだ、それらしい道場をつかんでいなかった。

……お駒の筋が、早いかもしれねえ。

隼人はそう思い、八吉も使うことにしたのだ。


それから四日後の夜、ふたたび小浜たちがあらわれた。総勢六人。今夜は、小浜と彦坂、それに身装《みなり》のいい壮年の武士が四人だった。

六人が二階へ上がるのを見とどけた駒は、裏口からそっと抜け出し、八吉に知らせた。

「お駒さん、あとはこっちの仕事だ。まかせておきねえ」

そう言うと、八吉は舟から下りた。

八吉は桟橋をわたって通りへ出ると、近くのそば屋の暖簾をくぐった。その二階で、ちびちびやりながら隼人が待っていたのだ。

「旦那、きやしたぜ」

「よし、今夜こそ、やつらの尻尾をつかんでやるぜ」

隼人は兼定をつかんで立ち上がった。

ふたりで舟にもどると、隼人は用意した半纏《はんてん》を肩にひっかけ、手ぬぐいで頬っかむりして舟梁《ふなばり》に腰を落とした。夜闇のなかでは、それだけで船頭か職人に見えるはずである。

「旦那、出てきましたぜ」

八吉が小声で言った。

見ると、笹乃屋の裏口から数人の武士が姿を見せ、店の主人らしい男に先導されて、桟橋の方へ歩いて行く。

なるほど、ひとりだけ恰幅のいい武士が頬隠し頭巾で顔を隠していた。武士は六人、小浜と彦坂の顔は分かったが、他の三人にも見知った顔はなかった。むしろん、頭巾で顔を隠した武士が、だれなのかも分からない。ただ、遠目にも羽織や袴に絹地らしい光沢があり、手にした差料の拵《こしら》えも見事なものばかりで、幕府の重臣であることは間違いないようだ。

……頭巾の武士は、綾部治左衛門であるまいか。

隼人はそう思ったが、確かめる方法はなかった。

六人が乗り込むと、軒先に提灯をさげた屋形船はゆっくりと桟橋をはなれていった。

「八吉、尾けろ」

「へい」

八吉の漕ぐ舟も桟橋をはなれ、溯上《そじょう》していく屋形船のあとを尾けた。

夏の大川は夕涼みや酒宴に出る船が多い。とくに、両国橋界隈は、提灯を軒先にさげた屋形船や箱船なども多く、明るくはなやいだ雰囲気につつまれていた。

八吉の漕ぐ舟は、六人の武士の乗った屋形船のすぐ後ろを尾けていく。屋形船や箱船の間を縫うように多くの猪牙舟が行き交っているため、かなり接近しても疑われるおそれはなかった。

屋形船は浅草御蔵の前を過ぎ、やがて前方に吾妻橋がせまってくる。

吾妻橋をくぐると、急に屋形船や箱船の姿が減り、かわって駒形堂ちかくの船着き場から出た吉原へ客を運ぶ猪牙舟の舟影が目立つようになった。

7

「どこまで行く気だい」

隼人が八吉にも聞こえるような声で言った。

屋形船は、さらに大川を溯《さかのぼ》っていく。

左岸は浅草で、花川戸町、六軒町《ろつけんちよう》などの家並の灯が見える。その対岸は、向島の墨堤《ぼくてい》で八代将軍吉宗が植樹させたという桜並木が川岸に沿って黒々とつづいていた。

屋形船が墨堤の方へ水押《みお》しをむけ、右岸へ寄りはじめた。

「寺社めぐりでもする気なのかい」

隼人は首をのばして、箱船が近付いていく岸辺を見た。

何もない。黒々とした墨堤の桜並木と三囲稲荷《みめぐりいなり》神社の杜《もり》が見えるだけである。この辺りは墨堤に沿って、三囲稲荷神社、長命寺《ちょうめいじ》、弘福寺《こうふくじ》などの有名な寺社があるが、民家はほとんどなく、田畑が広がっている寂しい地である。

屋形船は墨堤に近付き、ちいさな桟橋に横付けした。

「おい、停《とま》ったぜ。……八吉、すこし下流に近付いてみろ」

「へい」

八吉はしずかに水押しを岸にむけ、岸辺の葦原《あしはら》に舟体を隠すようにして屋形船に近付けた。

「下りるぜ。まさか、神社に行くつもりじゃァねえだろうな」

見ると、船から下り、桟橋を歩いていく数人の人影が見えた。

弦月が出ていたが、提灯を持った男が先導しているらしく、黒い人影が夜陰に浮かびあがったように見えた。

桟橋を渡って陸に上がった先には、三囲稲荷神社がある。その周辺には、いくつかの料理屋、武家屋敷などもあったが、まさか、そうした料理屋に入ってあらためて酒席を持つとも思えない。

六人の武士を下ろした屋形船は、ゆっくりと桟橋を離れ、下流にむかって進み出した。

「船はいっちまったぜ。……八吉、あの桟橋へつけろ。行き先をたしかめるんだ」

隼人の指示で、八吉の漕ぐ舟は桟橋へ舟体を寄せた。

舫い杭に縄をかけると、ふたりは舟から飛び下り桟橋を走った。

人影は見えなかったが、小径《こみち》が神社の杜の方へつづいているだけだったので、見失うことはないはずだ。

しばらく走ると、前方に提灯の灯が見えた。その後につづく人影も見える。

隼人と八吉は足音を忍ばせ、さらに人影との距離をつめた。

前を行く人影は、三囲稲荷神社の杜を抜け、料理屋や武家屋敷の前を通りすぎ、茫漠《ぼうばく》と広がる田畑の中の畔道《あぜみち》を足早に歩いていく。

前方に、竹林が見えた。中に住居があるらしく、灯《ひ》が洩れていた。提灯に先導された一行は、竹林の中へ入っていく。

「八吉、あそこのようだぜ」

隼人はすこし足を速めた。八吉も後につづく。

竹林の中を小径が通っていて、正面に築地《ついじ》塀《べい》をめぐらせた屋敷が見えた。富商の寮か、大身《たいしん》の旗本の別邸といった感じの建物で、正面には片開きの引戸門《ひきどもん》がついていた。寂しい場所にしては、敷地も広く、大きな屋敷である。

すでに、一行は中に入ったと見え、門は閉じてあった。

「だれの屋敷だい」

隼人が訊いたが、八吉も知らないらしく首を横にふった。

ふたりは身を低くして、引戸門に近付いた。広い敷地は鬱蒼《うっそう》とした樹木でおおわれ、葉《は》叢《むら》の間から、月光にひかる屋根の甍《いらか》がわずかに見えるだけだった。中は森閑として、物音も人声も洩れてこない。

「だれかいるぜ……」

引戸に耳を当てた隼人が、声をころして言った。戸のむこうに足音と人のいる気配を感じとったのだ。

「あっしが見てきやす」

八吉がそう言い置いてその場を離れると、門から十間ほどのところに枝をのばしていた欅《けやき》によじのぼった。

「旦那、牢人らしいの三人、どうやら見張りのようですぜ」

欅の根元に来た隼人に、八吉が頭上から小声で伝えた。

「牢人だと……」

このような屋敷内にふさわしくない者たちである。

隼人の胸に、盗賊のことが浮かんだ。あるいは、ここが隠れ家になっているのかもしれない。

「中の様子は見えるか」

「いえ、まったく……。ぐるりを塀がかこっていやすが、かなり広い屋敷のようで」

「見張りは、門のちかくだけか」

「へい」

「よし、下りてこい。侵入できる場所があるだろう」

隼人は、八吉が木から下りるのを待って、屋敷のまわりをめぐって見た。敷地の半分は竹林の中だが、裏手は田畑がひろがっており、裏門から小径が武家屋敷や料理屋のある方へつづいていた。

「ここからも入れんな」

裏門の内側にも、見張りが立っている気配がした。

厳重だった。何としても中の様子が知りたかった。辺りは人気のない寂しい地である。牢人の見張りを置くだけでも異常なのだ。

……これほど警戒が厳重なのは、中で人に知られたくない悪事がおこなわれているからではあるまいか。

そう、隼人は思った。

「あそこから、入れますぜ」

八吉が築地塀の中へ、大きく枝をのばしている松を指さした。

「よし、八吉、頼むぜ」

こんなとき、八吉の鉤縄が威力を発揮することを隼人は承知していた。

へい、と応えて、八吉は塀の中へのびた枝の下に立つと、鉤縄を解いて、クルクルとまわしだした。

そして、頭上に投げ上げると、鉤が枝に絡みつき、塀際に縄が垂れ下がった。

「それじゃァ、あっしが先に」

そう言うと、八吉は両手で縄をのぼり、足先が築地塀の屋根のあたりまでくると、体を振って屋根の上に下りた。鮮やかなものである。屋根の上に下り立つとき、わずかな音がしただけである。

隼人も同じように屋根の上に下り、八吉につづいて敷地内に飛び下りた。

周囲は欅や松などが鬱蒼《うっそう》と葉を茂らせており、その先に屋敷が見えた。辺りに人影はない。正面は玄関から離れた座敷らしく、雨戸が閉めきってあった。

隼人は屋敷内の物音を聞きとろうと、雨戸に身を寄せて耳をつけた。

「こ、これは……！」

隼人の顔がこわばった。

複数の人声が聞こえた。男のしゃがれ声、嗤い声、哀願するような女の声、呻《うめ》き声……。食器の触れ合うような音、座敷を踏む音もする。

酒宴であろうか。それにしては、女の声が異様である。まるで、荒くれ男たちに、なぶられているような悲痛な声がするのだ。

「旦那、かどわかされた女たちじゃァ……」

八吉が小声で言った。

隼人の頭にも行方をたっている娘たちのことがうかんだ。ここに押し込められ、男たちのなぐさめ者になっているのかもしれない。

「八吉、どこからか入れねえかい」

間にいくつか座敷があるらしく、声はかすかで内容まで聞き取れなかった。

「旦那、気付かれたら、牢人たちが駆けつけてきますぜ。……あっしが、見てきますから、ここで待っててくだせえ」

八吉は懐から手ぬぐいを出して頬っかむりすると、身をかがめて、スッと床下にもぐりこんだ。

8

地獄絵といったらいいだろうか。座敷には、いくつもの燭台《しょくだい》が点《とも》され、その光のなかで目をおおいたくなるような酸鼻な光景がくりひろげられていた。

広い座敷は、いくつかの屏風《びょうぶ》で区切られ、それぞれの場所に男と女がいた。男はいずれも武士で、女は若い娘たちである。

ある者は、半裸の娘を押さえ込んで姦淫《かんいん》し、ある者は全裸の娘に猿轡《さるぐつわ》をかませ荒縄で縛りあげて、割り竹でたたきながらけたたましい嗤い声をあげている。

また、別の屏風の中では、娘の裸体をながめながら酒を飲み、別の場所では娘に己の裸体を揉《も》ませていた。

痴態というより、狂態である。壮年から老年の武士が、己の情欲と狂気をむきだしにして、若い娘をもてあそび、なぶり、責めていた。

座敷の隅に、そうした狂態を酒を飲みながら傍観している者がいた。すでに頭巾を取っていたが、恰幅のいい武士と小浜、彦坂の三人である。三人は額を寄せ合い、何やら小声で密談していた。

床下のなかは漆黒《しっこく》の闇だった。

八吉の頭上からさまざまな音が聞こえてきた。女の悲鳴、呻き声、肌を打つ音、はげしい衣擦《きぬず》れの音、狂気じみた男の哄笑……。

……ひでえな。

八吉は、頭の上で何がおこなわれているか、すぐに察した。声から判断しても、四、五人の女たちがいる。おそらく、かどわかされた娘たちはここに監禁されているのであろう。

床下に長くとどまる必要はなかったので、八吉はすぐにその場を移動した。そうした卑猥な狂態を想像させる声や音にかき消されて、小浜たち三人の密談は八吉の耳にはとどかなかったのだ。

「旦那、娘たちがいましたぜ」

八吉は顔についた蜘蛛《くも》の巣を指先でとりながら、屋敷の中でくりひろげられているであろう狂態を、隼人に報《し》らせた。

めずらしく、八吉の顔が怒りで赭黒《あかぐろ》くそまっていた。娘たちに対する仕打ちが、腹にすえかねたのであろう。

「こんなことだろうとは、思ったぜ。色仕掛けで、おえら方を籠絡しようってえ魂胆《こんたん》にちげえねえ」

「どうしやす」

「今夜はここまでだな」

ふたりだけで、踏み込んでも娘たちを助けることはできない。色狂いした幕臣の何人かは斬れようが、警護の牢人が駆けつけ、そのなかに大柄な武士がいれば、こっちの命があぶない。

小浜たちの饗宴の実態と場所が分かった。相手に気付かれないうちは、この屋敷にいつでも捕り方をむけられる。

隼人と八吉は屋敷の外に出た。

舟にもどる前に、隼人はもうひとつ確かめたいことがあった。竹林の中の屋敷の持ち主は、だれかということである。

三囲稲荷神社のちかくに小体《こてい》なそば屋を見つけると、隼人は暖簾をくぐった。

「ごめんよ」

隼人の脇に八吉も腰を落とした。八丁堀ふうの身装《みなり》ではなかったので、武士と従者に見えるはずだ。

あるじらしい男に、そばをふたつ注文したあと、

「おやじ、竹林の中に屋敷があるが、どなたのものだ。……なに、閑静な地なので、療養にはいいと思ってな」

そう、隼人が訊いた。

「五、六年前までは、日本橋の越前屋《えちぜんや》さんの寮でございましてな。……いまは、なんていいましたかな、本郷に屋敷のあるお旗本の別宅で……」

知っているのだが、名が出てこないらしい。皺《しわ》の多い顔をゆがめて、思い出そうと頭をひねっている。

「綾部治左衛門さまか」

隼人が名をだした。

「へい、綾部さまで……」

「よく、お見えになるのか」

やはり、あの頭巾の武士は綾部のようだ、と隼人は思った。

「いえ、ちかごろ、こっちのお屋敷にはお見えにならないようで……。このところ、重い病をわずらっておられるとかで、本郷のお屋敷にこもったきりだと聞いておりますが」

「そうか」

病で本郷の屋敷にこもっているというのは、世間の目を欺くための口実であろう。そのために、頭巾で顔を隠して屋敷にあらわれたにちがいない。

隼人が口を閉じると、あるじは前掛けで手を拭きながら、調理場の方へもどっていった。

ふたりは、そばを食ってから桟橋にもどった。

まだ、屋形船はもどっていなかった。こんな場所に停めたままだと、見た者が不審をいだくだろう。おそらく、武士たちが屋敷からもどる時刻まで、大川を上下して時を過ごしているのだ。

「竹町の渡し場に、お清と彦造の死骸《おろく》があがったな」

舫ってあった猪牙舟に乗り込むと、隼人が八吉に話しかけた。

「へい」

八吉は櫓を握って、ゆっくりと舟の水押しを川の中ほどにむける。

「ここらあたりで、突き落とせば、ちょうどあの辺りにひっかかるんじゃァねえかい」

「そのようで……」

「お清は、あの屋敷で男たちの相手をさせられていたんだぜ」

お清の下腹部には、ひっかいたような傷跡があったし、陰門には裂傷もあった。強引な姦淫による傷なのだ。

「お武家さまも、色仕掛けにゃァ、弱いようですな」

隼人は八吉に綾部と幕閣たちのかかわりを話してなかったが、八吉は盗賊一味を陰でやつっているのが綾部らしいことや奉行の秘命で隼人が探っていることも知っていた。

そして、己の出世のために綾部とその配下の小浜と彦坂が幕府の要人たちを、金や女を使って籠絡しようとしてることも薄々感じとっている。

「ですが、いまひとつ腑に落ちねえで……」

八吉は櫓を漕ぎながら、首をひねった。

「何がだ」

「へえ、盗賊でさァ。……あの屋敷の見張りをしていたのは、盗賊一味だと思いやすが、綾部さまや小浜たちの家臣ではないらしい。……いったい、何が狙いで、ここまでやるんでしょうな。大店を襲った金は綾部たちが使っている、てえことは、金のためではねえはずだし……。かどわかした娘たちは、ああやって別の男のなぐさみものになってる。てめえたちは、その見張り役ですぜ。どう考えても割りが合わねえような気がいたしやすが……」

「相応の禄高で、仕官でもさせる約束があるのかもしれんな」

「仕官ねえ」

「牢人暮らしの者にとって、仕官は、そうとうな餌になるのさ」

隼人はそう言ったが、八吉の言うように、仕官の約束だけでそこまでやるとも思えなかった。

「旦那ァ、来ましたぜ、船が」

八吉が声をあげた。

見ると、六人の武士たちを迎えにきたらしいさっきの屋形船が、川下の方からさかのぼってくる。軒下のまわりにさげた提灯が闇を照らし華やかに輝きながら、ふたりの乗る猪牙舟の鼻先へ迫ってきた。

「糞《くそ》やろう、沈んじまえ！」

すれちがいざま、八吉が声をあげたが、屋形船のあげる水飛沫《みずしぶき》の音にかき消された。

第五章　黒埼道場

1

筒井は縁先の植え込みに目をやっていた。

水浅葱《みずあさぎ》の地に紺の細い縦縞《たてじま》のはいった単衣《ひとえ》を着流し、扇子《せんす》で首筋に風を送りながら何か思案するように視線をとめている。その横顔に、何ともやりきれないような煩悶《はんもん》の翳《かげ》があった。

隼人は端座したまま、筒井が口をひらくのを待っていた。すでに隼人から、行方不明になった娘たちが向島に監禁されていることや、小浜たちがそこで痴態の宴をくりひろげていることなどは話してあった。

ふと、筒井が扇子をとめ、

「長月、向島の屋敷、綾部どのの別邸なのか」

と、隼人に顔をむけて念を押すように訊いた。

「はい、おもてむきは日本橋の越前屋の所有となっておりますが、五年ほど前から綾部さまが療養のために使っているようでございます」

隼人の調べたところでは、呉服屋である越前屋が綾部屋敷に出入りし、その縁で格安に譲りうけたもののようである。

「ならば、押し入って捕縛することもできるな」

「かまいませぬか」

武家地は町奉行の管轄外であり、武士である小浜たちを捕らえることはできないのである。まして、綾部をはじめとして饗応を受けている者たちは幕府の重臣であった。町方が縄をかけるなど、とんでもないことなのである。

「あくまでも越前屋の寮とみなせばよい。江戸を荒らしまわる盗賊の隠れ家をつきとめ、賊の捕縛とかどわかされた娘たちを救い出すため踏み込んだことにすれば、われらが咎《とが》められることはあるまい」

「なるほど」

「問題は、綾部どのや饗応を受けた幕臣たちだが……。一網打尽に縄をかけるわけにはいかぬな」

筒井は、また思案するように目を植え込みに転じた。

ややあって、筒井は縁先に目をやったまま独言のよう言った。

「……綾部どのと向島に行った者たちの見当はつくが」

小浜と彦坂のほかに同道したのは、御納戸頭の遠藤、越前守さまの用人、それに他の老中や若年寄の家士であろうと筒井は言った。

「まず、その者たちを籠絡し、越前守さまをはじめとして、執政にある方たちにとりいろうとする魂胆であろうな」

「………」

「いずれ、その者たちも処断せねばならぬだろうが……。こたびの一件の根は綾部どのと配下の小浜と彦坂なのだ。……それで、長月、その頭巾の武士はまちがいなく綾部どのか」

筒井が訊いた。

「いえ、断言はできませぬ。あくまでも推測にございます」

隼人にも確信はなかった。これまでの経緯と状況から判断して、綾部であろうと思っただけである。

「となると、迂闊《うかつ》に捕らえられぬな。……どうだ、長月、向島の屋敷に踏み込んで賊とともにひとりだけを捕らえられぬか」

筒井は隼人を見つめて言った。

「と申されますと」

「頭巾の武士が綾部どのかどうかは別として、賊といっしょに小浜か彦坂のどちらかひとりを捕らえればよいのではないかな。……その者の口から綾部や他の者のかかわりを白状させれば、言い逃れはできなくなろう」

「………」

「もともと、町方としては、幕臣を捕らえることはできぬ。小浜か彦坂を捕らえても、その後はご老中のご裁断をあおぐことになろうが、三人とも、切腹、改易《かいえき》はまぬがれられまい。……このあたりが、町方としての上策と思われるが」

「承知いたしました。われら町方は、あくまで江戸市中を荒らす盗賊を捕らえ、監禁されている娘たちを助け出しただけ。捕らえた賊のなかに小浜か彦坂なる幕臣がいたことは、後の吟味のなかで分かったことに致しましょう」

隼人は盗賊を捕らえ、娘たちを助け出せばいいと思っていた。綾部や小浜たちを処断するのは、幕閣の仕事である。

「それでよいが、いつ、踏み込むな」

筒井が訊いた。

「まず、綾部たちが向島の屋敷にあらわれるのを待たねばなりませぬ」

「そうであろうな」

「それに、屋敷内の警護がどれほどのものかつかまぬうちは、踏み込めませぬ」

隼人は警護役についている牢人ふうの武士たちのことが気になっていた。盗賊一味と思われるが、そのなかに大柄な武士がいれば、うかつに仕掛けられないと思っていた。

「容易に捕らえられぬ相手か」

筒井が訊いた。

「盗賊一味が屋敷の警護についていると思われます。いずれも神道無念流の遣い手、うかつに仕掛ければ多くの犠牲者を出しましょう。下手《へた》をすれば、逃げられる恐れもございます」

「うむ……」

「それに、賊の多くは斬り捨てることとなりましょう」

盗賊たちは武士である。おとなしく縛《ばく》に就《つ》く者などいない。捨て身で斬りかかってくるはずである。

「かまわぬ」

「それでは、これにて」

隼人は座礼して立ち上がった。

西日が南番所の甍《いらか》の彼方《かなた》に沈もうとしていた。ひぐらしが鳴いていた。植え込みの中を渡ってくる風に秋冷の気配があった。

2

竹林の中をやわらかな蟬の声がつつんでいた。所々に欅《けやき》の大樹があり、そこにひぐらしがいるらしい。

隼人と八吉は、向島の竹林の中にいた。娘たちの監禁されている屋敷の引戸門が見える欅《けやき》の陰で、八ツ（午後二時）ごろから見張っていたのである。

三囲稲荷神社の周辺のそば屋や縄暖簾をさげた飲み屋などで聞き込んだところ、屋敷を警護している牢人が夕方、店に来ることがあると耳にした。

隼人は牢人のひとりを捕らえて、口を割らせようと考えたのである。

「旦那、来ませんね」

脛《すね》のまわりを飛びまわっている藪蚊《やぶか》を追いながら、八吉が言った。

「まだ、早え」

西日が竹林の中にも差しこんでいた。まだ、人目を忍んで屋敷から出て、一杯やるには早い時刻であろう。

それから半刻《はんとき》(一時間)ほどすると、あたりは暮色につつまれ、竹林のなかは濃い夕闇におおわれてきた。今夜は駄目か、と思いかけたとき、屋敷の引戸のあく音がした。

「旦那、出てきやしたぜ」

八吉が声を殺して言った。

薄墨《うすずみ》を掃いたような夕闇のなかに、薄茶の小袖に黒袴という、一見して牢人とわかる身《み》装《なり》の男が姿をあらわした。ひとりである。

「よし、いくぜ」

隼人は男が竹林の中を通り過ぎるのを見送ったあと、笹藪《ささやぶ》を分けて小径に出た。多少の声を出しても、屋敷までとどかない場所で襲うつもりだった。

竹林を抜け田畑のなかの畔道へ出る前に、灌木《かんぼく》と丈《たけ》の高い雑草の生い茂った荒れ地があった。隼人はそこで仕掛けるつもりで、足を速めた。

竹林を抜けたところで、背後から追ってくる足音に気付いたのであろう、男が立ち止まって振り返った。

「何者！」

男の誰何《すいか》する声が、夜陰にひびいた。

「へい、ちょいと野暮《やぼ》用が」

八吉が応えながら、すばやく腰の鉤縄をといた。

「町方か！」

相手がふたりと見た男は、一瞬、立ち向かうか逃げるか迷ったようだが、ふいに反転して駆けだした。

「待ちゃァがれ！」

八吉の手から鉤縄がのびた。

熊の手のような鉤が逃げる男の肩口に食いこみ、グイと八吉が綱を引くと、男の足がとまり後ろによろけた。

「おのれ！」

男は体勢をたてなおすと、抜刀し、走り寄る隼人に斬りかかってきた。

頭上に斬りこんできた敵刃を、隼人は右に体《たい》をひらいてかわし、兼定の峰で相手の手首を打った。

グワッ、と絶叫をあげて男は刀をとり落とす。すばやく、八吉が後ろから縄をかけ、手首を後ろにまわして縛りあげる。

「藪《やぶ》の中へ、引きずりこめ」

隼人の指図で、八吉が小径から十間ほど離れた荒れ地のなかの草丈の低いところへ男を引き入れた。

辺りに人のいる気配はなかったが、屋敷から別の男が出てこないともかぎらない。藪の中なら、大声さえ出さなければ、気付かれる恐れはなかった。

「町方が、武士に縄をかける気か！」

男は後ろ手にしばられた身をよじりながら、隼人をにらみあげた。意外に若い。それほど牢人暮らしは長くないと見え、着物も着古したものではなかった。

「てめえは、侍じゃァねえ。極悪非道な盗賊よ」

「な、なに！」

「てめえらの悪行は、先刻承知よ。……あの屋敷にかどわかされた町娘が監禁されてることもな」

「……………！」

男は顔をこわばらせ、声を呑んだ。

「てめえの名は」

「し、しらぬ」

「そうかい。……おれは、南町の鬼隼人だ。聞いたことがあるだろう。どんな悪党もおれの拷問《せめ》にかかったら口を割らねえやつはいねえぜ。まして、てめえも武士を名乗るからには、みっともねえ姿は見せられねえはずだ」

「…………！」

男の顔がひき攣《つ》り、全身が激しく顫《ふる》えだした。

「ここに引きずりこんだのは、拷問蔵《ごうもんぐら》で泣き叫ぶ姿を町方に見らるのはかわいそうだと思ったからよ。まず、手始めだ。八吉、猿轡《さるぐつわ》をかませろ」

へい、と応じて、八吉が手ぬぐいで男の口に猿轡をかませた。

隼人は懐の財布から長い針を取りだした。隼人は外で下手人を吟味し自白させたいときは、拷問に使えそうな小物を持参することがあった。

その針を、隼人は男の片手をつかんで親指の爪の間に刺しこんだ。こうすれば、全身をつらぬくような激痛が生じるが、それほどの傷は残らない。

グワッ！という呻き声を発し、男ははげしく身をよじって逃れようとしたが、その肩口を八吉ががっちりとおさえこんでいた。

隼人は、人差し指、中指と刺していった。

「どうだい、喋る気になったかい」

「…………！」

男は激痛に目を剝き、荒い息を吐くたびに猿轡の間からヒイヒイと息がもれた。その蒼《あお》ざめた顔には、びっしりと脂汗《あぶらあせ》が浮いている。

「おれの拷問《せめ》にかかって、吐かねえやつはいなかったぜ。もっとも、殺さねえように吐くまでつづけるのがおれの流儀だ」

隼人は男の片足をとると、足も痛えんだぜ、と言いながら親指の爪の間に針を刺しこんだ。男は身を海老《えび》のようにそり返し、臓腑を吐き出すような呻き声をあげた。

「おれは八丁堀の鬼よ。吐くまでは何でもやるぜ」

「……………!」

男の顔に恐怖がういた。

「話せばなァ、おめえを武士としてあつかってもいいんだぜ」

恐怖に瞠《みひら》いた男の目を、隼人が覗きこむように見て言った。

3

ふいに男の視線が落ちた。顎《あご》のあたりが小刻みに顫《ふる》えだし、頬や顎のあたりに鳥肌がたっている。

「どうだい、話す気になったかい」

「…………」

男は、がっくりと上半身を折るようにしてうなずいた。

「そうかい、端《はな》からそうしてくれれば、手荒なことはしねえですんだんだ。八吉、猿轡をとってやれ」

八吉がすばやく手ぬぐいを解《ほど》いた。

「それじゃァ訊くぜ」

「おめえさんの名は」

「む、村上半之丞《むらかみはんのじょう》だ……」

男は声を震わせて応えた。

「ときおり頭巾で顔を隠して屋敷内に入る武士がいるな、あれが綾部さまなんだろう」

「い、いや、綾部さまは、本郷におられるはずだ」

「それじゃァ、だれなんだい」

「し、しらぬ。われらにも名をあかさぬ」

「そうかい……」

隼人は、やはり、綾部だろうと思った。他に思いあたる人物はいなかった。警護の者にも顔を隠し、病気のため本郷から離れられないことにしているのだろうと推測した。

「ところで、島田屋と津田屋に押し入ったのは、おめえたちだな」

隼人は別のことを追及した。

「……ち、ちがう。拙者はかかわりない」

男がおびえたように視線をそらせた。さすがに、自分から盗賊とは言えないようだ。

「ちがうだと、それじゃァ屋敷にいる娘たちはだれが連れてきたんだい」

「そ、それは、彦造ともうす小間物屋だ」

「その彦造を始末したのは」

隼人はたたみかけるように訊いた。これが八丁堀の詮議《せんぎ》のやり方だった。矢継《やつ》ぎ早《ばや》に問い、相手に考える間《ま》をあたえず喋らせるのだ。

「し、しらぬ」

「あの屋敷の者が、口封じのためにお清と彦造を殺《や》ったのは分かってるんだぜ」

「連れ出したのは、荒木《あらき》たちだが、殺った者はしらぬ」

「屋敷内におめえの仲間は何人いる」

「五人だ」

「おめえは、盗賊ではないというんだな」

「そ、そうだ、拙者は盗賊ではない」

村上がひき攣《つ》ったような声をだした。

「それじゃァ、おめえはどうしてあの屋敷にいるんだい」

「そ、それは……。頼まれただけだ」

「だれに」

「黒崎《くろさき》さまだ。黒崎さまに屋敷の警護を頼まれただけだ」

「黒崎とは」

「道場のお師匠だ」

「道場だと」

隼人は神道無念流の道場だと察知した。そして、その黒崎という男が、あの大柄な武士ではないかと直観的に思った。

「神道無念流の道場だな」

「そうだ」

村上は、隼人の問いに答えるかたちで、本所石原《いしわら》町に神道無念流の道場があり、その道場主が黒崎弥五郎《やごろう》だと話した。

村上は同じ石原町に住む四十石の御家人の次男で、剣で身をたてようと黒崎道場に通ったという。

「石原町にそんな道場はありませんでしたぜ」

八吉が口をはさんだ。八吉は浅草から本所、両国あたりの神道無念流の道場を調べていたのだ。

「いまはない……」

村上の話では、三年前まで道場はあったが門弟がすくなくて潰れてしまい、いまはその場所に米屋が建っているという。

「あの屋敷にいるのは、当時の門弟たちだな」

隼人は、村上のような貧乏御家人の冷や飯食いか牢人だろうと推測した。

「そうだ」

「ほかにも腕のいいのが、何人かおろう」

「……」

村上がうなずいた。

「黒崎は大柄な男で、袈裟斬りの太刀をよく遣うな」

光輪の剣のことは訊かなかった。村上のような若い門弟に、神道無念流の秘剣のことを話しているとは思えなかったからだ。

「いかにも……」

「やはりそうか」

間違いなく、大柄な武士は黒崎のようだ。そして、盗賊一味は黒崎道場の門弟たちであろう。

あの屋敷を隠れ家にし、黒崎に率いられて凶行におよんでいたにちがいない。

「綾部さまと黒崎とのかかわりは」

あるいは、神道無念流の門弟としてどこかで接触があったのでないかと思ったが、訊いてみた。

「拙者にはわからぬ」

「そうか。ところで、彦造は、なぜおめえたちにくわわった」

彦造だけが町人だった。黒崎道場の門弟たちとは、あまりに異質である。

「あの男、花川戸あたりの賭場に出入りし、そこで荒木さんと知り合ったらしい」

荒木というのは、彦造を連れ出したという男である。おそらく牢人で、賭場で用心棒のようなことをして口に糊《のり》していたのではあるまいか。

そして、彦造が小間物屋として大店に出入りしていることと、女にもてることに目をつけ、仲間に引き入れたのであろう。

「村上、おまえたちの狙いは何だ」

あらためて隼人が訊いた。

「……………」

「金のためでも、女のためでもねえようだが」

「仕官だ。黒崎さまの話だと、幕府の重臣が多数ついているので、かならず仕官がかなうと」

「そうかい」

隼人はいまひとつ腑《ふ》に落ちなかったが、貧乏御家人の冷や飯食いや牢人にとって、仕官がかなうということは夢のようなことなのだろうと思いなおした。

「立て！」

ふいに隼人が言った。

この男を放免するわけにはいかなかった。かといって、番所に連れていけば、盗賊一味の知るところとなり、屋敷から姿を消す恐れがあった。当然、監禁されている娘たちも他の場所へ移されるか、口封じのため殺害されるかである。

「おれは、おめえを武士としてあつかうと言ったが、約束は守るつもりだ。……おめえも剣で身をたてようと思った男だ。おれを討ち取って、屋敷にもどるなり、やつらと縁を切るなり、思うようにするがいいぜ」

隼人は、この場で村上を斬るより他に方法はないと思った。

村上は、盗賊の仲間ではないと言っているが、かれらに荷担し娘たちを監禁していることはまぎれもない事実だった。それだけでも、捕らえられれば斬罪はまぬがれないだろう。

「八吉、解いてやれ」

八吉はすぐに隼人の意を察して、村上の縄を解いた。

「直心影流、長月隼人、まいるぞ」

隼人が間合をとって抜刀すると、村上は当惑するように左右に目をやったが、すぐに意を決したらしく刀を抜いて身構えた。

平青眼。あの大柄の武士と同じような構えだったが、その迫力や威圧には格段の差があった。

隼人は、スッと間境《まざかい》に踏み込んだ。間髪《かんはつ》を入れず、村上が袈裟に斬りこんできた。

イヤァッ!

トオッ!

ほとんど同時にふたりの気合がひびいた。村上の袈裟斬りの太刀と、体《たい》をひらいてかわしざま横一文字に薙《な》いだ隼人の太刀が、閃光をひいて夜陰に疾《はし》った。

村上の太刀は虚空を斬り、隼人のそれは深々と村上の胴を截断《せつだん》した。

　グワッ、と吠え、村上は上体を折るようにして地面につっ伏す。

　隼人は、なおも渾身《こんしん》の力をふりしぼって立ち上がろうとする村上の背後に身を寄せ、背中から心の臓を突き刺した。腹を截断されても、すぐには死なない。とどめを刺してやるのが、武士の情けである。

「八吉、木の枝でもかけて隠しておけ」

　しばらく、村上の死は伏せておきたかった。屋敷内にいる盗賊一味の始末がついたら、村上家の者に盗賊と出会って斬られたとでも言って埋葬させてやろうと思った。

　隼人は懐紙で兼定の血糊《ちのり》をぬぐうと、しずかに納刀して歩きだした。

4

　翌日八ツ（午後二時）過ぎ、役宅にもどった筒井の顔がこわばっていた。登城時に着用した麻裃《あさがみしも》を着替えると、すぐに隼人を役宅に呼んだ。

　いつもの奥座敷で待っていた筒井は、隼人が座るのを見ると、すぐに口をひらいた。

「長月、思わぬことが出来《しゅったい》したぞ」

　筒井の顔はこわばったままだった。

「何事にございますか」

「今日、綾部治左衛門どのが死んだとの届けが、倅の金之丞よりあった」

「死んだ！」

隼人は驚いた。一連の事件の黒幕は綾部と思っていた。その綾部が死んだという。突如、落雷をうけたような衝撃であった。

「綾部どのは病気療養中であったが、昨夜、本郷の屋敷で病死したとのことじゃ」

「虚言ではございませぬか」

「いや、そのようなことはない。われらが、綾部家に疑いをもっていることさえ、気付いておるまい。……綾部家がわには、虚偽の報告などする必要はないはずじゃ。それに、死んでしまえば、幕閣への返り咲きなど、できようはずがあるまい」

「すると、疝気《せんき》で伏せっていたというのは事実だったのでございますか」

隼人の脳裏に、頭巾の武士がよぎった。病死が事実であれば、あの武士は綾部ではないのだ。

「そうなるな……」

筒井の顔にも、困惑の色があった。

「…………！」

となると、事件の背後で盗賊をあやつっていた首魁《しゅかい》は綾部ではないことになる。病状の悪化した綾部が、幕閣に返り咲くための野望を持って盗賊まであやつっていたとはとても思えない。

……あの頭巾の武士は、何者なのだ！

隼人は思いつかなかった。端《はな》から綾部と思いこんでいたために、足をかけていた梯子《はしご》を突然外されたように、拠《よ》り所を失って隼人の頭は混乱した。

「だが、こたびの一件、すべて綾部どのから出ておるのだが……」

筒井は沈思するように、膝先に視線を落とした。

筒井の言うとおりだった。綾部屋敷にうろんな牢人が出入りしていたこと、神道無念流とのかかわり、奪った金が綾部屋敷に運ばれたらしいこと、そして、娘たちを監禁し、幕閣の要人を饗応している屋敷が綾部の別邸であること……。すべてが、綾部治左衛門が一味の背後にいることを語っている。

そのために、隼人は綾部が一味の黒幕にちがいないと決め付けていたのだ。

「のう、長月、あまりに綾部どのに疑念が集まりすぎておらぬか」

筒井が顔をあげて、隼人を見た。

「……いかさま」

たしかに、疑念が綾部に集中しすぎている。しかも、綾部が実際に顔を出したことは一度としてないのだ。

「長月、綾部どのが屋敷から一歩も出られぬほどの重病であり、死んだとなると、どうなるな。だれもが、こたびの事件を引き起こしたのは、綾部どのではないと思うはずじゃ。……そのことを初めから承知で、何者かが綾部どのに疑念が集中するよう謀《はか》ったとも考えられないこともない」

「…………！」

あの頭巾の武士だ、と隼人は直感した。

重病の綾部に町方や幕府の目付役の者の疑いが集まるように偽装して、本当の黒幕は陰に身をひそめていたのだ。

「小浜と彦坂が首謀者の意向に沿って幕閣に働きかけていることは、まちがいない事実なのだが、こうなると、かんたんには小浜も彦坂も捕縛できぬぞ。口を割ればいいが、知らぬ存ぜぬ、で押し通されると攻めようがない。それどころか、幕府の重臣であるふたりを町方が捕らえ、あらぬ嫌疑をかけたとなると、われらが咎めを受けることになろうぞ」

「…………」

「それにな、綾部どのが死んだとなると、陰の首謀者は用心して、さらに姿を見せなくなろう」

筒井の言うとおり、あの頭巾の武士は笹乃屋にもあらわれないかもしれない。

……だが、打つ手はある。

と隼人は思った。

「お奉行、されば、当方も策をもちいるのがよろしいかと」

隼人が言った。

「策とは」

「はい、ご無礼つかまつります」

そう言うと、隼人は立ち上がって縁先に面した障子を開けはなった。

辺りの様子をうかがったが、ひそんでいる者はなさそうだった。

「壁に耳ありと申しますので……。実は」

隼人は筒井のそばに膝行すると、小声で話した。

「まず、御番所内の犬をおびきだします……」

「番所内の犬とな」

隼人の話を、筒井は驚きの表情を浮かべて聞いていたが、やがて得心したようにひとつうなずき、

「分かった。そちの思うとおりにやってみるがいい」

そう言って、膝の上の両手を握りしめた。

その日、南御番所の用部屋をおとずれた筒井は、居合わせた与力と同心にそれとなく、隠密廻りの者が、盗賊一味のひとりを割り出したことを話し、

「その者の名は、村上半之丞だ。そやつをたぐれば、やがて、一味の全貌が知れようぞ」

と、名を出した。

もちろん、村上は隼人が斬った男である。

そのころ、隼人は南御番所の裏門の見える道端の松の樹陰に、八吉とともにひそんでいた。

隼人は薄茶の小袖に黒袴という貧乏牢人ふうの身装《みなり》で、八吉も半纏《はんてん》に股引《ももひき》という職人の

ような格好をしていた。尾行を気付かれないためである。

やがて、西日が落ち、あたりを暮色がつつみはじめたころ、裏門からふたりの男が姿を見せた。高積見廻りの岸井円蔵である。黄八丈《きはちじょう》を着流し、絽《ろ》の黒羽織の裾をめくり上げて帯にはさんだ八丁堀ふうの扮装《いでたち》で、足早に歩いて行く。その後にしたがっているのが、小者の甚六だった。

ふたりは、少し間をおいたまま数寄屋橋御門の方へむかった。

「やはり、甚六か……」

隼人には、あるいは甚六ではあるまいか、という思いがあったのだ。

榎本の行動を知り、さらに隼人のことも知っている者でなければ、綾部屋敷を見張ったあと、柳原通りで襲うことはむずかしいと思っていた。甚六は奉行の命令で榎本と隼人が何を調べ、どこにいるかもつかんでいた。

榎本が斬殺された後、敵を討ちたいなどと言って、隼人に接近したのも動向を探るためと思えば納得できる。

……あの船頭は甚六であったか。

柳原通りから賊が逃げるとき、用意した猪牙舟に乗ったが、その船頭に見覚えのあるような気がした。

いま思えば、甚六と体型が重なるようである。

「岸井さまとは、驚きやした……」

八吉が小声で言った。

南御番所に敵と内通している者がいて、それが動きだす、と八吉には話してあった。だから、いま尾行しているふたりが内通者らしいことは八吉にも分かっていた。

「おれも、岸井とは思ってもみなかったぜ」

甚六には疑念を持っていたが、岸井のことは隼人の頭になかった。

だが、幕府の要人と結びつくには、甚六のような小者では役不足である。岸井が背後にいたとなれば、かえって納得できるのである。

「巡視じゃァねえでしょうか」

八吉は、まだ、困惑の表情を浮かべていた。

「いまごろ、高積みの見廻りに行くはずはあるめえ。それに、八丁堀とは逆方向だぜ」

隼人の言うとおり、前を行くふたりは両国橋の方へむかっていた。

5

岸井と甚六は両国橋を渡り、大川縁《べり》の道を本所方面にむかって歩いていた。すでに、夜陰があたりをつつみ、対岸の柳橋や浅草の家並には灯《ひ》がともっている。

十六夜《いざよい》の月が皓々《こうこう》とかがやき、前を行くふたりの姿が浮き上がったように見えていた。

……向島の屋敷か。

本所を抜けた先が向島である。そこには、娘たちを監禁している綾部家の別邸がある。

そう思って、隼人は後を尾《つ》けていたが、前を行くふたりが石原町に入ったところで、急に右にそれた。

「旦那、あの先は黒埼道場があった所ですぜ」

八吉が小声で伝えた。

村上が話していた黒埼道場のあった場所で、いまは米屋になっているとのことだった。

八吉は村上から話を聞いたあと、念のため石原町に出かけて米屋からも事情を聞いていたのだ。

米屋の話だと、三年前、道場主だった黒埼弥五郎から建物ごと土地を買い取り、通りに面した建物の一部を改装して米屋をはじめたという。

その後、ときおり、黒埼を見かけることはあるが、どこに住んでいるか分からないとのことだった。

「旦那、米屋の前も通りすぎました」

八吉の言うとおり、前を行くふたりは米屋らしい店の前を過ぎ、武家屋敷のつづく通りへと足を進めていく。

やがて、前を行くふたりは御家人の屋敷のつづく通りを抜け、大身《たいしん》の旗本の屋敷らしい長屋門の前に立った。

「あの屋敷は、仙石さまの……！」

ふたりが立ったのは、綾部治左衛門の後に御側衆の役に就いた仙石左京の屋敷だった。

立ち止まったふたりは、あたりを警戒するように左右に目をやった後、門の脇のくぐり戸から中に消えた。

隼人はすこし離れた武家屋敷の板塀の陰から、ふたりを見張っていた。

……そうか！　あの武士は仙石さまか。

隼人の脳裏で、頬隠し頭巾で顔を隠した武士と仙石とが重なった。

面識はなかったが、その姿は何度か見かけたことがあった。あの頭巾の武士と同様、恰幅のいい体軀の持ち主である。

……仙石さまなら、今回の一件の首謀者になりうる。

仙石は綾部家の内情にも通じているはずだし、ひそかに幕閣に働きかけることもできる。たびたび牢人が綾部家を訪問したのも、仙石の意図によるものなのだろう。綾部治左衛門が神道無念流の門弟だったことに目をつけ、黒埼や一門の者をさしむけて、家士に神道無念流を学ぶようにと、勧誘でもしたのかもしれない。

綾部屋敷に金を運びこんだように見せたのも、仙石にちがいない。何か口実をもうけ贈答品として、叺《かます》につめた物を運びこんだのだろう。中身は、相応の貴重品で叺につめて運ぶような物なら、瀬戸物でも、木彫りでも、奇石でも何でもよかったはずだ。

そして、貴重品を贈った見返りに向島にある別邸を借りることも可能だし、綾部の倅の金之丞を御側衆に復帰できるような話をもちかけて、別邸を譲り受けたとも考えられる。

そうしたことは、すべて町方や幕閣の目を綾部家へ引きつけるための策略なのだ。

「旦那、仙石さまなら、黒崎と通じててもおかしくはありませんぜ」

八吉が小声で言った。

仙石家の屋敷は黒崎道場と同じ石原町内にある。本人はともかく、家士のひとりぐらいは道場に通っていてもおかしくはない。そうした門弟をつうじて黒崎が、仙石と接触した可能性はある。

「となると、黒崎はこの屋敷にいるかもしれんな」

敷地内には家士のための長屋がある。黒崎が、その長屋に住んでいることはじゅうぶん考えられた。

「八吉、二、三日、ここを張ってみてくれ」

隼人は、今後の仙石の動きと黒崎が屋敷内にいるかどうか、知りたかった。

「へい」

八吉は、利助と三郎も使うと言った。

それから、半刻《はんとき》（一時間）ほどして、岸井と甚六が屋敷から出てきた。足早に両国橋の方へもどっていく。

「どうしやす」

背後を尾けながら、八吉が訊いた。

「そのうち始末するが、いまはもう少し泳がせておくつもりだ」

隼人はここで岸井と甚六を始末すると、盗賊一味は探索の手が身ぢかに迫ったことを察し、姿を消すだろうと思った。盗賊が捕縛できないことには、その首謀者と見なされる仙石や小浜たちにも手が出せない。

翌朝、隼人は登城前の筒井と会って仙石のことを報《し》らせた。

筒井は、仙石の名を聞いてハッとしたような表情をしたが、

「考えられる。仙石どののことは念頭になかったが、思いあたることはおおい」

そう言って、いくつか思いあたることを話した。

二千石の旗本だった仙石が、五千石格の御側衆にすんなり決まったこと、その昇進には水野忠邦や将軍愛妾のお美代の方さまの口添えがあったらしいことなどを話した。

「それにな、ちかごろは、他の御側衆を出し抜いて、御側御用取次《おそばごようとりつぎ》の話さえある」

御側御用取次とは八名いる御側衆のなかから三名選ばれ、将軍に直接取り次ぐ役で、その威勢はたいへんなものであった。老中や若年寄でさえ、左様《さよう》な取り次ぎはできませぬ、などと言われて、拒絶されることさえある。

まだ、御側衆になったばかりの仙石が御側御用取次に抜擢されるとなれば、異例の出世ということになろう。

「綾部の陰にいて、その実、小浜や彦坂を使って、越前守さまや他の幕閣にとりいっていたのは、仙石どのであったか」

虚空にとまったままの筒井の双眸が、刺すようなひかりを放っていた。

「お奉行、まだ、ございます」

隼人は、岸井と甚六が奉行所内の探索の様子を仙石側に漏らしていたことを伝えた。

「犬は岸井か」

めずらしく筒井の顔が怒りで朱に染まり、しばらく唇をひき結んでいたが、隼人の方に顔をあげると、

「だが、岸井を捕らえるわけにはいかぬな。南番所の同心が盗賊の片割れとなれば、お上のご威光は地に墜《お》ちる」

筒井の顔は苦渋にゆがんだ。

「お奉行、お許しいただければ、わたしが岸井どのと甚六は闇に始末いたしますが……」

「闇に……」

筒井はきびしい顔をして、隼人を見た。

「お役目の途中、あやまって落命したとなれば、お上のご威光に瑕《きず》はつきませぬし、なにより、累《るい》が家の者まではおよばぬと存じます」

お上のご威光はともかく、家族の者は救ってやりたかった。岸井と甚六が、盗賊に荷担していたことが知れれば、その一族は生きていけないだろう。

「うむ。……やむをえんな。長月、頼むぞ」

筒井はしぼり出すような声で言った。

「その前に、もうすこし岸井を踊らせる必要がございます」

隼人は膝行して、筒井の耳元で何やら伝えた。

それから、二日後、筒井は用部屋に足を運び、居合わせた与力や同心にそれとなく、村上半之丞の行方がまったくつかめぬことや、一味を追捕《ついぶ》する手掛かりすらないことなどを話したあと、

「隠密廻りの者は頼りにならぬので、定廻りや臨時廻りの者に詮議の手を強めてもらいたい」

と、まで言った。

すぐにこの話は、岸井に伝わり、仙石の耳にもとどくだろうと読んでのことであった。

6

「出ましたぜ、旦那！」

八吉が階段を駆けあがってきた。

隼人は南御番所からすこし離れた数寄屋河岸《すきやがし》にある藪政《やぶまさ》というそば屋の二階にいた。筒井と役宅で打ち合わせてから五日後のことである。

ここ数日、隼人は南御番所に姿を見せず、藪政の二階を拠点として八吉からの連絡を受けたり、ひそかに天野と会ったりしていた。岸井と甚六に手のうちを知られないためである。

「駕籠《かご》で、柳橋の方へむかいやした。いま、利助と三郎が尾《つ》けていやす」

八吉は、笹乃屋に入れば三郎が駆けつける手筈《てはず》になっていやす、とつけたした。

隼人の思いどおりだった。御番所の探索が手詰まりとなり、何の手がかりもつかんでないと知れば、また、仙石たちが動き出すだろうと読んだのである。

おそらく、小浜と彦坂、それに饗応を受ける要人たちも笹乃屋に姿を見せるはずである。

「黒埼は」

隼人が訊いた。

気になるのは、黒埼だった。黒埼がいるとなれば、捕物にも相応の覚悟がいる。

「駕籠のそばに、大柄な武士がひとりついておりやした。柳原通りで見た黒埼に、体つきは似ておりやす」

八吉も黒埼を見ていたが、そのとき覆面で顔を隠していたため断言はできないようだ。

「まず、黒埼と見てまちがいあるまい。八吉、今夜は大捕物になるぜ」

隼人の双眸が猛禽のようにひかった。

しばらくすると、駕籠が笹乃屋に入った、と利助が報《し》らせてきた。

「よし、まちがいないようだ。天野を呼んでくれ」

「へい」

八吉はすぐに立ち上がり、階段を駆け降りると四《し》半刻《はんとき》（三十分）もたたずに天野を連れてきた。

この時を予想し、天野は南御番所内に待機していたのだ。

「今夜、向島に盗賊が集結するようだ。手筈どおり頼む」

「心得ました」

天野は目をひからせ、興奮した面持《おもも》ちで階段を降りていった。

すでに奉行の密命を受けて、吟味方与力の荒木、定廻り同心の天野と柏崎、臨時廻りの加瀬、壮年の緒方《おがた》などが、ひそかに奉行所の外の別々の場所に捕方を集めていた。岸井と甚六に気付かれぬよう、夜陰にまぎれて猪牙舟で向島にむかう手筈がととのえてあったのだ。

天野からの伝達で、与力や同心たちがいっせいに動くはずである。

「そろそろ、おれたちも行くか」

隼人は兼定をつかんで立ち上がった。


天空を薄雲が流れていた。ときおり、月光が雲にさえぎられて闇が増したが、提灯がないと歩けないほどの闇ではなかった。

与力と同心に指揮された捕り方たちは、大川から掘割に舟を入れ、三囲稲荷神社からすこし離れた水戸家の下屋敷ちかくの雑木林にかこまれた空き地に集結していた。

総勢五十人の余。御用提灯や龕灯《がんどう》には、まだ火は入れていなかったが、ものものしい捕《とり》物装束《ものしょうぞく》に身をかためていた。

与力は背割《せわ》りの野羽織《のばおり》に野袴《のばかま》、両刀を差し、紺足袋《こんたび》に草鞋《わらじ》がけという捕物出役装束《とりものでやくしょうぞく》。同心も、白木綿《しろもめん》の向こう鉢巻《はちまき》、鎖帷子《くさりかたびら》に鎖小手《くさりごて》、黒の半纏《はんてん》に股引、紺足袋に武者草鞋《むしゃわらじ》という格好である。

捕り方たちも、向こう鉢巻に襷《たすき》、足元を足袋と草鞋でかため、手には十手のほかに、捕物三道具とよばれる袖搦《そでからみ》、突棒《つくぼう》、刺又《さすまた》などを持って集まっていた。なかには梯子《はしご》や門を破るための掛け矢などを手にしている者もいた。

そうした捕り方たちからすこし離れたところに、隼人と八吉がいた。ふたりは捕物装束ではなかった。隼人は野袴に草鞋がけ、両袖を襷で絞って動きやすい格好はしていたが、あきらかに他の同心とは異なる装束だった。

町奉行所の同心といっても、実際の捕物は定廻りや臨時廻りの者の仕事である。隼人もおもて向きはかれらに任せるつもりでいたのだ。それに、隼人は黒崎を相手にせねばならぬと思っていた。

黒崎が町方と斬り合うようなことになれば、いかに捕物装束で身をかためていようと、かなりの犠牲者がでるはずである。隼人は犠牲者を最小限にくいとめたかったのだ。

「やつらを乗せた船が着きました」

墨堤の桟橋で見張っていた三郎が報らせてきた。

「よし、いくぞ」

隼人は天野に手を振って、一行が船から降りたことを知らせた。

捕り方たちは、仙石たちが屋敷へ入った直後に、いっせいに侵入し、なかにいる盗賊一味と小浜か彦坂を捕らえる手筈になっていた。

仙石や他の要人たちをすべて捕らえることも可能だが、いかになんでも町方が権限外の武士を多数捕縛することはできない。それに相手は、幕府の重臣や老中の家士なのだ。

小浜か彦坂は、盗賊の首領として捕らえ、詮議の過程で幕臣と判明したことにし、あとは幕府の最高裁判所である評定所の判断にまかせることにしてあった。むろん、そうした事情は与力、同心は承知していたし、捕り方たちにも一見して旗本と分かる武士に、縄をかけてはならぬと厳命してあった。

与力、同心に指揮された捕り方たちは、田畑の畔道《あぜみち》を通り、隼人が村上を斬った荒れ地から竹林に近付いた。

竹林のなかに灯が見え、屋敷のおもて門にむかう数人の人影が夜陰のなかに浮き上がったように見えた。提灯に先導された一行は七人いた。仙石、小浜、彦坂、黒崎、それに接待される客たちが、三人ということとなる。

いっとき、隼人たちが竹林のなかで身をひそめている間に、引戸門が開き、一行が屋敷のなかに消えた。

「柏崎、加瀬、裏手へまわれ」

今夜の捕物の総指揮者である与力の荒木が、ふたりの同心に指図した。

裏門からの逃亡を防ぐためである。

ハッ、と応じたふたりの同心は、十数人の捕り方を引きつれて裏門の方へまわった。かれらが動き出すと同時に、すばやく石を打ち、龕灯や御用提灯に火がはいった。

「行くぞ」

荒木の指図で、いっせいに捕り方たちが動きだす。

「門を破れ！」

荒木の声に、数人の捕り方が門ちかくの築地塀に梯子をかけ、掛け矢を手にした捕り方が引戸門を打ち破った。厚い板の裂ける音や梯子から築地塀を越える足音などが静寂を破り、
御用！　御用！

という甲高い声が、辺りにひびいた。

「八吉、小浜か彦坂だけを捕れ、ほかの者にかまうな」

隼人が言った。

一行のなかからひとり捕らえるには、八吉の鉤縄が威力を発揮するはずである。隼人は八吉と利助、三郎の三人で、ひとりだけを狙えと指示してあった。

引戸門が開いた。

いっせいに捕り方たちが、なだれこむ。隼人につづいて、八吉たちも屋敷内に駆けこんだ。

7

捕り方の奇襲に仰天した仙石たち一行は、激しい声で武家地であることを叫びながら、門の方へ駆けもどってきた。

黒崎は取り巻いた捕り方たちを威嚇《いかく》するように刀身を振り上げ、一行の先頭に立って門外へ逃がそうとした。

おもて門を警護していた牢人たちが駆け寄って、果敢《かかん》に捕り方たちに斬りかかる。怒号や絶叫がおこり、刀と捕物道具のはじき合う音がひびいた。

「かかれ！　夜盗どもを捕《と》れい！」

荒木の声で、捕り方の多くは牢人たちを取り囲み、袖搦などの捕物道具をむけて捕縛しようとした。

捕り方が分散し、牢人たちを取り囲んだため、仙石たち一行は門の方へ逃れることができた。むろん、当初から捕り方たちの目的は盗賊である牢人たちの捕縛で、仙石たちは逃がす手筈になっていたのだ。

そのとき、植え込みの陰にいた八吉が飛び出した。

八吉は最後尾にいた小浜の肩口を狙って鉤縄を投げた。熊の手のような鉤が、がっしりと小浜の肩に食いこむ。すかさず、八吉が縄を引くと、小浜は、ウワッ！　という叫び声をあげ、後ろによろけながら尻餅《しりもち》をついた。

「夜盗の頭《かしら》を捕ったア！」

八吉が大声で叫び、小浜のそばに駆け寄った。そばにいた利助と三郎も捕り縄を手にして後につづく。

だが、それを見た黒崎が反転して、八吉の前にたちふさがった。

すばやく、隼人が黒崎の前に進みでる。

「待て！　黒崎、うぬの相手はおれだ」

「来おったな……」

隼人を睨んだ黒崎の双眸が、赤みをおびて燃えるようにひかっていた。凄まじい殺気である。

黒い巨岩のように隼人の前にたちふさがり、切っ先を隼人の鳩尾《みぞおち》あたりにつけた。平青眼である。

すぐに黒崎の全身に気勢がのり、切っ先が小刻みに上下し、スッと刀身のむこうに黒崎の体が遠ざかった。切っ先ひとつで敵を攻め、その威圧で間合を遠く感じさせたのだ。

だが、このときの隼人には、以前のような異常な昂《たか》ぶりと怯《おび》えはなかった。すでに二度切っ先を合わせ、黒崎の遣う剣が分かっていたからである。

黒崎は切っ先でちいさな円を描くようにまわしはじめた。切っ先が近くの提灯の火を反《は》射《ね》てうすい鴇色《ときいろ》を曳《ひ》き、黒崎の体がさらに遠ざかった。

光輪の剣で、間合を読めなくさせたのである。

隼人がその光の輪をたち斬ろうと、わずかに切っ先を上げたときだった。

フッ、と黒埼の目が細くなり、口元がゆがんだ。嗤《わら》ったのである。同時に、黒埼の切っ先が描く光の円が急に大きくなった。

すると、光の輪そのものが眼前に迫り、その輪のなかで黒埼の体が陽炎《かげろう》のように揺れだした。

……幻覚か！

一瞬、隼人の心が乱れた。

その乱れを断ち切ろうと、裂帛《れっぱく》の気合を発した。そして、眼前の光輪を断ち切るべく、兼定を振り下ろした。

が、隼人の刀身は空を切り、光輪は消えず、なおも眼前に迫ってきた。

隼人は頭上に敵刃が斬り落とされるような恐怖をおぼえ、咄嗟《とっさ》に身を引いた。

刹那《せつな》、隼人は凄まじい気合と刃《は》唸《うな》りを聞いた。黒埼の袈裟斬りの太刀が、隼人の肩口をとらえたのだ。

隼人は右肩に焼鏝《やきごて》を当てられたような衝撃を感じ、弾《はじ》かれたように大きく背後に飛んだ。

その眼前に黒埼の黒い巨軀が、得物を追う巨獣のようにせまる。

……二の太刀がくる！

そう察知し、隼人が刀身を振り上げた瞬間だった。

ふいに黒埼の巨軀がとまり、刀身を大きく背後にまわした。

何か、鉄物《かなもの》を刀身ではじく甲高い音がした。

鉤だ！

八吉が黒埼目がけて鉤縄を投げたのだ。

「旦那ァ！　助太刀《すけだち》しますぜ」

八吉はすばやく弾かれた鉤縄をたぐり、くるくると肩口で鉤をまわしはじめた。すぐにも、次の攻撃ができる体勢である。

隼人はすばやく青眼に構えなおした。肩口の着物が裂け、肌に血の線がはしっていたが、浅手だった。

「おのれ！　岡っ引きが！」

黒埼は憤怒に顔を赭黒《あかぐろ》くそめて八吉を睨んだが、ふたりは相手にできぬと思ったのか、そのまま背後に退くと、反転して駆けだした。

「待ちゃァがれ！」

その背に八吉が鉤縄を投げた。

鉤の先が黒埼の背にかかったが、着物が裂けただけで地面に落ちた。

黒埼は引戸門から外へ出て、前方にちいさくなる仙石たちの人影を追うように駆けだした。

隼人はその場につっ立っていた。

……光輪の剣は、かんたんにやぶれぬ！

その衝撃が、後を追う隼人の足をとめさせたのである。

「旦那、傷は」

八吉が隼人のそばに駆け寄った。

「浅手だ。それより、小浜はどうした」

小浜のことが気になった。

「ふん縛《じば》ってありまさァ」

八吉が目をやった方を見ると、利助と三郎が縄をかけた小浜の左右に立っていた。

「でかしたぞ、八吉」

そう声をかけて、屋敷の方へ目を移すと、まだ、三人ほど捕らえられない牢人がいて、捕り方がぐるりと取り囲んで捕具をむけている。ふたりは、すでに捕具で突かれたりたたかれたりしたと見え、ざんばら髪で体中血まみれだった。

ひとりだけ、無傷の男がいた。なかなかの遣い手と見え、捕り方を寄せつけない。天野が捕り方を叱咤《しった》するように、十手をふりまわしながら大声をあげていた。

……このままでは、あいつに何人か斬られる。

と見てとった隼人は、天野のそばに駆け寄った。

「直心影流、長月隼人だ。うぬの名は」

男の正面に立って誰何《すいか》した。

長身痩軀だが、腰がどっしりした感じを与える。体型に見覚えがあった。柳原通りで隼人を襲った三人のうちのひとりである。

「神道無念流、荒木稲左衛門《とうざえもん》」

「荒木……」

お清と彦造を連れ出したという男である。歳《とし》は四十代前半。その面貌《おもて》には、すでに死を覚悟した落ち着きがあった。この男が盗賊の副頭目なのではあるまいか。

「黒埼道場の者か」

「さよう、長く師範代をつとめていた。……このようなときに、他流の者と仕合えるは幸運といわねばならぬな」

荒木は平青眼に構えた。

間合は二間の余。隼人は兼定の切っ先を敵の左眼につけた。

すぐに、荒木の全身に気勢がのり、切っ先で円を描くように刀身をまわしはじめた。しかも、さきほどの黒埼と同じように、大きな円を描いている。

……こやつも光輪の剣を遣うのか！

一瞬、隼人はたじろいだが、黒埼ほどの威圧はなかった。しかも、わずかにその体が遠ざかったように見えただけで、陽炎のように揺れてはいなかった。

隼人は切っ先に一撃必殺の気魄《きはく》をこめ、グイと間合をつめた。瞬間、光の輪がくずれ、荒木の体が一足一刀の間境《まざかい》のなかに見えた。間合が読めたのである。

イヤアッ！

裂帛《れっぱく》の気合を発し、隼人は大きく踏み込みざま光の輪のなかへ刀身を斬り落とした。激しい金属音とともに、青火が散り、荒木の刀身が撥《は》ね飛んだ。間髪《かんはつ》を入れず、隼人は体勢のくずれた荒木の肩口へ斬りこむ。

骨肉を断つ鈍い音がし、荒木の右の上腕部が裂け血飛沫《ちしぶき》があがった。右腕が刀をつかんだまま、だらりと垂れさがった。右腕の付け根を斬ったのだ。

グワッ、という獣の咆哮《ほうこう》のような呻き声をあげながら、荒木はその場に両膝をついた。

「いまだ、縄をかけろ」

天野の指図で、捕り方たちが荒木に走り寄り、すぐに縄をかけた。

第六章　八丁堀の鬼

1

大川の下流、築地《つきじ》の西本願寺のちかくに南飯田町《みなみいいだ》がある。

その町に河内屋《かわちや》という船問屋があり、川岸に船荷が高く積んだままだという苦情が南御番所にもちこまれ、南飯田町を巡視している岸井が、七ッ（午後四時）過ぎに甚六を連れて見まわりに出た。

表門を出る岸井と甚六の後ろ姿を、路傍の樹陰から見送るふたつの人影があった。隼人と八吉である。隼人は、岸井たちから一町以上も距離をおき、ゆっくりした足取りで歩きだした。その後に、八吉がつづく。

「慌てることはねえ、行き先は分かってるんだ」

隼人が小声で言った。

尾行というより、同じ方向にむかってぶらぶら歩いているといった感じだった。むろん、岸井たちに、気付かれる恐れはない。

南御番所に河内屋の船荷のことをもちこんだのは、八吉である。隼人の指示で、それとなく高積見廻りの与力の耳にいれたのだ。与力は築地方面を巡回している岸井を呼び、違反があるかどうか見てこい、と指図したのである。

「旦那、うまく始末できますかね」

八吉の顔には苦渋の表情があった。

八吉は隼人が何のために、岸井と甚六を誘い出したか知っていた。ふたりを闇に葬るのが、もっともいい方法だとは分かっているが、やはり仲間を斬るのは気がひけるのであろう。

「なあ、八吉、盗賊の手引きをしてたことが知れてみろ。南町の顔がつぶれるだけじゃァねえ。……よくて岸井は切腹、甚六は斬罪だ。累《るい》は女房子供にまでおよぶぜ。闇に葬るのは、お奉行の慈悲よ」

隼人は、岸井と甚六を斬殺し死体が見つからぬよう大川に流せ、と筒井に命じられていた。そうすれば、巡視の途中事故に遭《あ》い、川にはまって死んだことにして家族に累がおよばぬよう処置するというのだ。

隼人と八吉は西本願寺の裏を通り大川の川岸に出た。ここは船松《ふなまつ》町で、すぐ前に佃島が見える。

川岸に佃島へ渡る渡し場があって、桟橋に猪牙《ちょき》舟《ぶね》が舫《もや》ってあった。

「八吉、舟を用意してくれ」

隼人は八吉に指示して、その桟橋に一艘《そう》猪牙舟を用意していた。

「へい」

と応え、八吉はとんとんと石段を降りて桟橋を渡った。

八吉が舫い綱を解くのを見てから、隼人は南飯田町の方へ歩きだした。その後ろから、八吉が舟を進めてくる。

西日が川面をうすい鴇色《ときいろ》に染めていた。風があり、佃島の沖に停泊した大型の廻船の白い帆が、波間で大きく揺れていた。船荷を積んだ茶船《ちゃぶね》や艀《はしけ》などが、波の起伏に木の葉のように見え隠れしている。隼人は河内屋からすこし離れた川岸の廃舟を積んだ陰に身をひそめていた。

河内屋の店先に積んだ荷は銚子から運ばれてきた干魚《ほしざかな》で、違反になるほどの高さでないことを隼人は知っていた。

それでも、苦情のあった手前、岸井は荷を店内に運びこむよう指示し、それを見てからもどって来るだろうと読んでいた。

やがて、陽が沈み辺りが暮色につつまれてきた。そのとき、こっちに向かって歩いてくるふたつの人影が見えた。

八丁堀ふうの身装《みなり》と少し前かがみで歩く町人ふうの人影。まちがいなく、岸井と甚六である。

隼人は岸辺の舟にいる八吉に手を挙げて、ふたりが来たことを知らせた。すぐに、八吉は舟から下り、身を低くして廃舟の陰にやって来た。

「八吉、ぬかるなよ」

「へい」

隼人は廃舟の陰から通りに出た。八吉が後につづく。

通りには、ちらほらと人影があったが、夕闇に急《せ》かされるように足早に歩き、隼人たちに目をくれる者はいなかった。

岸井と甚六の姿が、はっきり見定められるほどの距離に来たとき、オオッ、と声をあげて、隼人は足早にふたりの方へ歩きだした。

ふたりは驚いたように歩をとめて隼人と八吉を見たが、立ち止まったまま近付くのを待った。

「このような場所で、何事でござる」

岸井は顔をこわばらせて訊いた。隼人を見つめた細い目の奥に猜疑の色がある。

「いや、なに、捕らえた盗賊のことでな。ちと、気になることを耳にはさんだもので、それを確かめにな」

「さようか」

一瞬、岸井の目が怯えたように揺れたが、わたしの用はすみましたので、これにて、そう言って、隼人の脇をすり抜けようとした。

「岸井どの、待たれよ」

隼人が呼び止めた。

「ちと、見ていただきたい物があってな。おぬしを待っていたのだ」

「おれを……」

振り返った岸井の顔に、警戒するような表情がうかんだ。

「そうだ、おれは盗賊が落としていた物だと思っているのだが、何とも判断がつかぬ。おぬしなら分かるかと思ってな」

「何です」

「いや、大きい物でな。舟に積んであるから見てくれ。……そこの猪牙舟《ちょき》だ」

隼人が、近くのちいさな舟着き場を指差した。そこには、さきほど八吉が乗ってきた猪牙舟が繋いである。

「手間はとらせぬ。すぐ、すむ」

そう言って、隼人は先にたって歩きだした。仕方なさそうに岸井と甚六がつづき、最後尾に八吉がついた。ちょうど、隼人と八吉でふたりを挟む格好になったのである。

川岸に打った杭に厚板を渡しただけのちいさな桟橋を、ギシギシと音をたてながら四人は舟に近付いた。

「何もないではないか」

岸井が、繋いである舟の舟底を覗きこむようにして言った。

「そんなことはない。よく、見てくれ」

そう言って、隼人が岸井を振り返った。

その瞬間、いつ抜いたのか、隼人は脇差を手にし、切っ先を岸井の喉元に当てていた。ほとんど同時に八吉も懐から匕首《あいくち》を抜き、甚六の脇腹に切っ先を当てた。

「な、なにをする！」

岸井は驚愕に目を剝き、甲高い声をあげた。

「ちと、おぬしに訊きたいことがあるのさ。さァ、舟に乗ってくれ」

「で、できぬ。訊きたいことがあるなら、番所で訊けばよかろう」

興奮しているらしく、岸井の声はひき攣《つ》っていた。

「岸井、おれが悪党どもに何て呼ばれてるか知ってるだろう。八丁堀の鬼、または鬼隼人だ。……情容赦なく、バッサリやるからよ」

「…………！」

岸井の顔に恐怖がういた。

「なァ、岸井、おめえも言いてえことがあるだろうと思ってこうしてるんだぜ。乗らねえなら、ここでバッサリやって、川へ突き落とせばすむことよ」

「な、なにゆえおれを……」

「てめえの胸に訊いてみな」

隼人は射るような目で岸井を見た。

「な、何か思いちがいをしているのではないのか……」

そう言ったが、岸井は隼人が何のために待っていたか、察したようだ。脇にいる甚六の顔も蒼《あお》ざめている。

「さあ、乗りな」

「……長月、見逃してくれ！」

岸井は激しく身を震わせて、哀願するような目をむけた。

「できねえ。これも、おめえのためなんだよ」

隼人は岸井の肩先を突いて、舟に乗せた。後ろから八吉が甚六の背を押しながら、乗り込できた。

2

猪牙舟は、波に揺れながら河口に下って行く。目の前が江戸湾《えどわん》で、ちかくには帆を下ろした菱垣廻船《ひがきかいせん》が夕闇のなかに巨大な船体を揺らしていた。荒涼とした海原が、遥かかなたで天空と一体となり藍色にかすんでいた。

風はあったが、天空には雲ひとつなく降るような星空が広がっている。

「八吉、岸に寄せろ」

風のせいで、波が激しかった。これではろくに話もできない。

舟は右手の岸へむかい、浜御殿《はまごてん》のそばの紀伊《きい》家の下屋敷の裏手にとめた。浅瀬に舟底が着いたのか、砂地を擦《こす》る音が聞こえた。

「甚六、おめえが榎本さまを売ったんだな」

隼人は舟梁《ふなばり》に腰を落として、岸井と甚六に目をむけた。

翳《かげ》のある隼人の顔が月光に青白くうきあがり、細い双眸が射るようなひかりをなげていた。

「ぞ、ぞんじません。あっしは、ただ、榎本さまのお指図どおり、御用をつとめましただけで……」

甚六は身を震わせながらも、不服そうな声で言った。

「とぼけるんじゃァねえ。柳原で盗賊を舟に乗せて逃がしたのは、おめえじゃァねえか。あれから、ずっと、おめえが何をしてたか、探ってたんだぜ」

「……………！」

甚六は舟底に目を落としたまま黙りこんだ。両肩が激しく震えている。

「岸井、おめえが甚六を指図して番所内の探索の様子を探り、仙石さまに内通してたことも分かってるんだ。おめえは気付かなかったようだが、お奉行と謀《はか》って、偽情報《にせじょうほう》を流し、おめえが密告《さす》のを逆手にとったのよ。お蔭で、思うように盗賊をお縄にし、仙石さまたちの悪事も露見したってわけだ。……あとは、お上の裁断しだいだがな」

「そ、そのような……」

岸井はつぶやくように言い、語尾を呑みこんでうなだれた。

「岸井、なぜなんだい。……なんで、盗賊の手先のような真似をしたんだい」

「…………」

岸井は凝《じっ》と身をかたくして、視線を落としたまま口をひらかなかった。

「金か」

ちがう、と言うふうに岸井はちいさく首を横に振った。

「女か」

「……長月、三十俵二人扶持《ぶち》で暮らしがたつと思うか。それに、高積見廻りなど、一年中、犬のように歩きまわっているだけだ」

岸井が絞り出すような声で言った。

「…………」

隼人は岸井が言わんとしていることは、すぐに理解できた。

隠密廻りもほぼ同じ年棒である。三十俵二人扶持では家族ふたりが、やっと食っていけるだけの俸禄である。加えて、同心が連れて歩く小者《こもの》や中間《ちゅうげん》などの給料は自分で払わなければならない。まともにやっていたのでは、同心の生活はなりたたないが、町方与力、同心には余禄があった。

町奉行や富商などからの附届《つけとど》けである。盆暮れ五節句には、多額の附届けがあり、これが俸禄よりずっと多い。なかには、『代々頼み』と称して、大名から個別に扶持をもらっている者さえいる。幕府も、こうした附届けや大名との関係を黙認していたので、与力、同心の暮らしは年俸よりはるかに楽だったのである。

だが、こうした恩恵も役柄によってだいぶちがう。同じ同心でも事件の探索にあたる定廻り、臨時廻りなどは附届けが多いが、他の同心はそれほどでもない。なかでも、高積見廻りなどは、ただ町々や河岸などの商品の積みぐあいを一年中見て歩くだけの地味な仕事で余禄は少ないのだ。

しかも、おもてむきは一代限りのお抱《かか》え席だが、実際は世襲で死ぬまで同心は同心として過ごすことになる。つまり昇進もなければ転任もないのである。

「だが、三廻りの役に就くこともできよう。場合によっては、与力ということもある」

まれに、同心から与力に出世する者もいた。

「長月、おれは、十三のとき、見習いとして南町に出てから、二十年ちかくも高積見廻りのままだ。もう、くたびれたよ」

岸井はかすれるような声で言った。

「それで、仙石さまから何をもらった」

「ちかいうちに、与力に引き上げてくれると……」

「それが、犬の餌か」

隼人の胸に怒りが湧いた。いかなる理由があろうと、おのれの出世のために仲間を売ったのである。

「長月、見逃してくれ。おれは、探索の様子を何度かもらしただけだ」

岸井は尻を舟底に落としたまま、身をよじるようにして後じさりした。

「そのために、榎本さまが死んだんだぜ」

隼人は腰の兼定に手をのばした。岸井を睨んだ双眸が、怒りに燃えている。月光のせいもあるのか、青白い端整な顔が、凄愴《せいそう》な鬼面のように見える。

「た、助けて……!」

隼人の鋭い殺気にすくんだように、岸井は身を震わせ、舳先《へさき》の方へ逃れようと腰をうかせた。

甚六も舟底に両手をつき舟底を這《は》って、舳先の方に逃れようとした。

「往生際が悪いや。おれが、冥途《めいど》へ送ってやる」

言いざま抜刀し、隼人は腰を低くしたまま岸井に身を寄せ、舟から川面へ跳ぼうと立ち上がった岸井の胸へ突き刺した。

隼人は舟底へ伏す岸井はそのままにして脇差を抜くと、甚六の方へ迫った。

「ちくしょう!」

追いつめられた甚六は逆上したのか、猿《ましら》のように歯を剝き、腰の十手を抜いて隼人に打ちかかってきた。

「あの世で榎本さまに、わびるがいいぜ」

隼人は甚六の胸に脇差を深々と刺した。

激しく舟体が揺れ、ひき攣《つ》ったような甚六の悲鳴が波と風の音を裂くようにひびいた。

「八吉、舟を出してくれ」

「へい」

すぐに櫓を取ると、八吉は舟を江戸湾の方へ漕ぎだした。

3

縁先から見える植え込みの隅に、白い花が咲いていた。山百合《やまゆり》である。深緑のなかで清楚で凛《りん》とした美しさだった。微風《そよかぜ》のなかに秋冷の気配があり、盛夏のころとくらべると陽射しもやわらいでいる。

筒井は家士が運んできた茶を手にしたまま、

「外の方が気持がよかろう」

と言って、縁側に出てきたのだ。

隼人も後について来て、筒井のそばに端座した。

蝶がいた。名はわからぬが、黒と紫のまじった大きな羽の蝶だった。ひらひらと舞うように、山百合のちかくを飛びまわっている。

「長月、ご苦労だったな」

その蝶に目をやりながら、筒井は隼人にねぎらいの言葉をかけた。

向島の屋敷で盗賊一味を捕縛し、監禁されていた町娘たちを助けだして五日たっていた。

「どうじゃ、岸井と甚六なる者の始末はついたか」

筒井が隼人の方へ顔をむけた。

「昨夜……」

「露見するようなことはないか」

「ご懸念にはおよびませぬ。いまごろは、江戸湊《えどみなと》の海の底に……」

昨夜、隼人と八吉とでふたりの死骸に石の重りをつけ、江戸湾に沈めていた。その後、岸井と甚六の十手を舟底に残した猪牙舟を、乗り手を失って漂着したように見せるため、浜御殿の先の浅瀬に乗り捨てたままにしてある。

「幸い、昨夜は風がございました。南飯田町の帰り、対岸の深川へ渡る途中、風にあおられあやまって川に嵌《は》まったと見なされましょう。……深川には岸井どのの馴染みの料理屋があるとか、そこへ行くつもりで舟に乗ったことにいたします」

今日にも、岸井と甚六の行方が知れないことで、騒ぎが大きくなるはずだった。そして、すぐにふたりの十手の残っている舟が発見される。

その後は、八吉が聞き込んだことにして、ふたりが深川へ行く途中だったことを伝えれば、あやまって川に嵌まったと思われるだろう。

「そうか。かわいそうだが、それが上策であろうな」

筒井はすこし顔をくもらせた。

当初からそのつもりだったが、実際に部下を殺したと思うと、やはり心が痛むのであろう。

「お奉行、仙石さまたちは、いかがなりましょうか」

隼人が訊いた。

捕らえた小浜は、大番屋でひととおり吟味したあと、翌日の午後、幕臣であることが判明したとしてすぐに放免された。その日のうちに、筒井から幕府にことの次第が上申され、仙石と小浜、彦坂の三名は屋敷内で謹慎しているはずだった。

「評定所におき、五手掛《ごてがかり》で裁かれることとなろうな」

評定所とは、幕府最高の裁判所だが、常置の裁判官がいるわけではない。事件によって、奉行、大目付、目付などが集合して審議される。

五手掛は、特別な重要事件や上級武士の糾問などの場合、寺社、町、勘定の三奉行と大目付、目付が集合して行われるもので、最も大がかりな裁判といえる。むろん、審議のなかで、老中の意向も強く反映される。

「いずれも、盗賊とのかかわりは否定しておるが、捕らえた盗賊が仙石どのたちとのかかわりを口にしておるし、その屋敷内で小浜が捕らえられているのだ。言い逃れはできまいが、それでも、しらを切るようであれば、かどわかされた娘たちから口書《くちがき》をとってもよい」

助け出された娘たちは怪我もなく、すぐに親元に返されているが、淫獣のような男たちにもてあそばれた心の傷はかんたんには癒《い》えないだろう。

「実際に、仙石さまたちが黒崎たちに指図し、盗賊をやらせていたのでしょうか」

隼人の胸のなかには、幕府の要職にいる者がそこまで非道なことをやるだろうかという疑念もあったのだ。それに、盗賊たちの吟味のなかでも、仙石たちに命じられたとは言わなかったようだ。

「そこは何とも言えぬな。……黒崎たちが勝手にやりだしたことかも知れぬが、ただ、仙石たちが黒崎たちの悪行を知ったうえで、奪った金を使い、かどわかした娘たちをもてあそんだことだけは、まちがいのない事実だ。それだけで、武士としてあるまじき非道なふるまいと言っていい。……厳しい沙汰がくだされるであろう。おそらく、仙石どのたち三人は、斬罪か切腹であろうな」

斬殺は強盗、殺人、火つけなどの重罪にたいする、武士の最も重い刑である。

「向島で、いかがわしい饗応を受けた者はどうなりましょうか」

あきらかに、素人の町娘だと知っての上での姦淫である。そうした場が設定されていたとはいえ、勾引《こういん》、強姦に荷担したことはまちがいない。

「それぞれ、その罪の軽重において、改易《かいえき》、役儀召放《やくぎめしはなち》などの刑がくだされるであろう」

改易は士籍を剝奪され身分を平民におとされるとともに、俸禄、家屋敷を没収されるもので、生きていく術《すべ》を失う。役儀召放は、御役御免で今日の懲戒免職である。いずれも、その後の生活の糧《かて》を失うとともに、栄誉的にもその苦しみは大きく重罰といえるが、地獄を見せられた娘たちのことを思えば当然の結果である。

「ただ、越前守さままでは、裁きの手はおよぶまいな」

向島の屋敷へ出向いた越前守さまの用人は厳罰に処せられるだろうが、直接、饗応を受けた事実のない越前守さままで糾問することはできまい、と筒井は言った。

「他のご老中の家士もいたことだし、かりに、わしが評定所で言い出したとしても、ご老中の意をくんで、大目付や目付はお認めになるまいな」

「綾部さまは」

隼人が訊いた。

「死んだ治左衛門どのを咎めることはできまい。ただ、倅の金之丞には、家中取締り不行届きとの理由で、閉門《へいもん》ほどの沙汰はあろうか」

「……………」

それぞれ、相応の刑であろうと隼人は思った。

「長月、町方としてはここまでであろう。……いや、結果として町方では手の出ない幕臣の大物まで裁くことになったのだから、快挙といってもよかろう」

筒井は膝先の冷えた茶に手をのばし、いっとき植え込みの方に目をやって黙っていたが、隼人の方へ顔をむけ、

「これも、そなたたちの働きがあったからこそじゃ」

そう言って、満足そうな笑みをうかべた。

「お奉行、もうひとつお伺いしたいことがございます」

「なんじゃ」

「盗賊たちは、いずれも神道無念流の者たち、なにゆえ、あのような悪行に走ったのでご

「ざいましょうか」

　盗賊たちを吟味しているのは、吟味方与力と同心だった。その与力から奉行には、吟味の様子が伝えられているはずである。

すでに、隼人も吟味に立ち会っている同心から、かれらが牢人や貧乏御家人の冷や飯食いであることは聞いていた。

かれらが金も地位もない日陰の身であることは分かったが、みな神道無念流のそこそこの遣い手であり、金のためでも仕官のためでもないような気がしていたのだ。

「それよ、わしも、やっと腑に落ちたぞ。武芸教場じゃ」

「武芸教場……」

そのことは、すでに筒井から聞いていた。

「その頭取《とうどり》、つまり道場主だな。それに、黒埼を抜擢することを仙石が約束したという。そして、他の門弟たちも、それぞれ教授方にとりたてる約定があったとか……」

あっ、と思った。

幕府直属の武芸所となれば、江戸の他の道場より格も規模も報酬も上となろう。斉藤弥九郎の練兵館も岡田十松の撃剣館も問題ではない。いや、江戸にある他のすべての道場を超越する巨大な武芸場となろう。その武芸所の頭取、つまり道場主となれば、まさに武芸者としては天下を取ったと同様である。

「……だが、その武芸教場もこたびのことで取り止《や》めになろうな」

筒井が植え込みに目をやりながら言った。

さっきまで、山百合のまわりを飛びまわっていた蝶が、何かに驚いたように、ふいに舞い上がり、楓《かえで》の緑陰に姿を消した。

……黒埼こそ、剣鬼なのかもしれぬ。

と隼人は思った。

方法こそちがえ、黒埼は江戸の剣壇で成功している者たちに、勝負を挑んだのではないか。そして、その勝負に勝つためなら、どのような卑劣な行為も辞さなかったのだ。まさに、勝つことに徹した剣鬼といえる。

「盗賊の頭だけ捕らえられぬな」

筒井が言った。

「ちかいうちに、始末をつけます」

隼人は、かならず黒埼が勝負を挑んでくると思っていた。

黒埼の武芸教場の頭取になるという野望は挫折したのだ。江戸の剣壇を相手にした勝負に負けたといっていい。すべてを失い、町方に追われている黒埼は、江戸を逃亡する前に、せめて隼人だけでも斬りたいと思うはずだ。

……鬼同士、勝負をつけねばなるまい。

隼人はひとりの剣客として、光輪の剣と勝負をつけたいと思った。強敵だった。

蝶のいなくなった白百合のまわりを、夕闇がつつみはじめていた。重い、息のつまりそうな闇だった。

隼人の胸に滾《たぎ》るような思いが、つきあげてきた。手がかすかに顫《ふる》えている。武者震いである。

4

障子《しょうじ》の向こうに弦月《げんげつ》が見えた。冴え冴えとした輝きが、白銀を流したように大川の川面に映じている。

風が冷たかった。すでに、八月の十五日の仲秋の名月もすぎ、障子の間から流れ込んでくる川風には肌を刺すような冷気があった。

「旦那、障子をしめますか」

菊乃が肌襦袢《はだじゅばん》の襟元《えりもと》を指先で合わせながら、身をちぢめた。

「そうだな。しめてくれ」

肌を合わせた後の熱《ほて》った体に、川風は心地好《よ》かったが、すこし寒くなった。

隼人が磯野屋に来てから、二刻《ふたとき》（四時間）ほど経《た》つ。すでに、四ッ（午後十時）すぎ、障子の向こうには、寒々とした夜景がひろがっているだけである。

「盗賊がつかまって、ほんとによかった」

障子をしめた後、菊乃は隼人の脇に座りなおして銚子をとった。

江戸の大店を襲った盗賊が捕縛されてから一月ほど経つ。このところ、五日に一度ぐらいは、磯乃屋に顔をだして菊乃を抱いていた。

いままで隼人が盗賊の探索に没頭していたため磯野屋にもこられなかったが、やっと捕縛することができ、こうして顔を出すようになった、と菊乃は承知しているのだ。

「菊乃、おまえの欲しい物はなんだ」

杯を差し出しながら隼人が言った。

「欲しい物……」

菊乃は酒を注《つ》ぐ手をとめて、チラッと隼人の方に視線をおくった。

「櫛《くし》か、簪《かんざし》か、それとも金か」

隼人は、かどわかされた娘たちも、己の色と欲のために彦造の甘言に乗ったにちがいないと思っていた。

「あたしは男、それも旦那じゃァなけりゃァ、いや」

そう言って、菊乃は肩先を隼人の胸にあずけてきた。

隼人はその肩に手をまわしながら、みんな己の強欲のために動いたのだと思った。仙石も黒埼も、向島の別邸に出入りした者たちも、金と女と地位に目がくらんで悪事にはしり、身をほろぼすことになったのである。

「ねえ、それで、旦那は何が欲しいの……」

菊乃は隼人の手をもてあそぶように撫ぜながら、あまえた声で訊いた。

「酒と女だ……」

とりあえず、酒はどうにかなるが、難題は女だった。

「女ならだれでもいいのかい」

からみつくような声で、菊乃が訊いた。

「そ、それは、菊乃、おまえだけだ……」

隼人の頭には、お駒と老母のおつたの顔が浮かんでいた。

お駒が隼人のことを好いていることは知っていたし、おつたが、八丁堀に住む同心の娘を嫁にむかえたがっていることも知っていた。

……ふたりを、裏切ることはできねえ。

かと言って、菊乃をいまのまま磯乃屋においておくのもかわいそうな気もするし……。

そう迷いながらも、隼人の指先は菊乃の襟を割って、胸の乳房にのびていた。

あっ、とちいさな声をあげて、菊乃は身をよじり、背中でこするようにして肌を密着させてきた。

襦袢から肩先が露《あらわ》になり、熱くすいつくような肌が隼人の胸に触れる。

……まァ、色におぼれず、しばらくは成り行きにまかせるより仕方あるめえ。

そう己に言い聞かせて、隼人はやわらかな乳房を掌《て》のなかにつつんだ。

「やっぱり、旦那が欲しい……」

そう言うと、菊乃は腰を浮かして顔をむけ、両手を隼人の首にまわして抱きついてきた。

隼人が磯野屋を出たのは、子《ね》ノ刻《こく》（午前零時）ちかかった。泊まっていけ、と菊乃はしきりにさそったが、明日も南御番所には出なければならず、流連《いつづけ》というわけにはいかなかった。

隼人は、人気のない大川端を秋風に吹かれながら飄然《ひょうぜん》と歩いていた。

両国広小路から薬研堀《やげんぼり》を通り、しばらく歩いたときだった。背後から近付いて来る足音を聞いた。

……来たな。

と隼人は思った。

ここは、以前黒崎に襲われた通りだった。黒崎が勝負をつけるためにあらわれるなら、ここだろうと隼人は読んでいたのだ。

立ち止まって振り返ると、袴の股《もも》だちをとった大柄な武士が小走りに迫ってくる。思ったとおり、黒崎である。

覆面はしていなかった。向島の別邸で見た顔だが、暗鬱《あんうつ》な翳《かげ》がある。月光のせいかもしれない。生気のない青白い肌が浮き上がり、隼人を見つめた双眸がうすくひかっている。死神のような顔である。

「どこにひそんでいた」

三間余の間合をとって、対峙したまま隼人が訊いた。

この一月ほどの間、南御番所の総力をあげて黒崎を探索していた。だが、どこに消えたのか、その姿を見かけたという者すら探し出せなかったのである。

「武州の田舎《いなか》道場にな」

「武州……」

「おれの故郷よ」

「うぬは、戸賀崎の門下か」

神道無念流を江戸でひろめたのは、戸賀崎熊太郎である。この戸賀崎から道場を引き継ぎ、さらに発展させたのが、弟子の岡田十松なのである。

岡田に道場を継がせたあと、戸賀崎は生れ故郷の武州、埼玉郡清久村《さいたまごおりきよくむら》に帰り神道無念流を広めた。そのため、武州には神道無念流の道場が多いといわれている。

おそらく、黒崎はそうした神道無念流の道場をたよって江戸を離れていたのであろう。

「いかにも、若いころは清久村にいた」

「そうか……」

隼人は黒崎の出自とその後の生きざまが分かったような気がした。

おそらく、黒崎は清久村の百姓の倅《せがれ》だったのであろう。百姓で生涯を終わるのを嫌い、剣で身をたてようと戸賀崎道場に入門し、頭角をあらわしたにちがいない。そして、星雲の志をいだいて江戸に出た。

ところが現実はそうあまくなかった。やっと本所にちいさな道場を建てたが、思うように門弟が集まらず経営がたちゆかなくなって米屋に道場を売却することとなる。ちょうどそのころ、仙石から何らかの誘いがあって、屋敷に出入りするようになったのであろう。そして、仙石から幕府直属の武芸教場の話を聞き、それを現実のものとするため悪行にはしったのだ。

斉藤が黒崎のことを知らなかったのもうなずける。同じ神道無念流だが、撃剣館や練兵館とは直接縁のない男だったのだ。

「なぜ、まいもどってきた」

隼人が訊いた。あるいは、このまま清久村にひそんでいれば、町方の手からも逃れられたかもしれない。

「八丁堀の鬼を斬らねば、気がはれぬのでな」

黒崎の顔に憤怒の表情が浮いた。

まだ、黒崎には剣に生きる者の自負が残っているのだろう。せめて、隼人を斬って神道無念流の剣客としての己の意地をとおしたいのだ。

「おれもそうだ。罪もない町人を斬り、娘たちをさらって地獄を見せた悪鬼《あっき》を斬らねば、八丁堀の鬼隼人の名がすたる」

隼人にも八丁堀同心としての意地があった。江戸の大店を襲い、多くの町人を斬殺した盗賊の頭目をこのまま逃がすわけにはいかなかった。それに、ひとりの剣客としても、黒崎と勝負をつけたかった。

「おれの剣をやぶれるのか」

黒埼の口元に嗤いが浮いた。自信であろう。事実、隼人は二度後れをとっているといってもいい。

だが、隼人にも、まったく光輪の剣を破る工夫がなかったわけではない。荒木稲左衛門との立ち合いで、その示唆を得たのである。

いかに目幻《めくら》ましの剣を遣おうと、踏み込み、正面から斬りこめば、光の輪は断ち切れると感じとっていた。

……光輪の剣は身を引いては破れぬ。

そう言った斉藤の言葉どおりだと、隼人は思ったのだ。

黒埼の剣を破る工夫がついたからこそ、こうやって黒埼のあらわれそうな通りを深夜ひとりで歩いていたのだ。

「直心影流、長月隼人、まいる」

隼人は兼定を抜いた。

オオッ、と応えて、黒埼が抜刀した。

黒埼は隼人の鳩尾《みぞおち》あたりに切っ先をつける平青眼、隼人は敵の左眼に切っ先をつける青眼である。

5

三間余の間合から黒崎は足裏をするようにした間合をつめてきたが、一足一刀《いっそくいっとう》の間境《まざかい》の外でピタリと歩をとめた。

黒崎の全身に気勢がみなぎり、切っ先のむこうにその巨軀がスッと遠ざかる。切っ先で威圧し、間合を遠く感じさせているのだ。

隼人は気をしずめ、観《かん》の目《め》で相手の姿をとらえようとした。観の目とは、一点にとらわれず、遠山を眺めるように敵の全体をとらえる見方である。

黒崎は隼人の刀身のまわりに円を描くように切っ先をまわしはじめた。切っ先が青白い月光を曳き、光の輪を描く。

すると、その光の輪が大きくなって隼人の眼前に迫り、その輪の中で黒崎の体が陽炎《かげろう》のように揺れだした。

タアッ！

隼人は敵の胸にたたきつけるような気合を発した。気当《きあ》てである。激しい気合を発し、黒崎の気を破ろうとしたのだ。

だが、円を描く黒崎の剣尖《けんせん》の動きはすこしも乱れなかった。なおも光輪は大きくなり、眼前に迫ってくる。

隼人は異常な切迫感と恐怖を覚えたが、観の目のまま黒崎の全身を見ようとした。

……身を引けば、袈裟《けさ》がけの太刀がくる。

と、分かりすぎるほど分かっていた。

全身に気をこめて、隼人は耐えていた。黒崎の光輪の剣も、敵が身を引くのを待って仕掛ける太刀である。隼人が身を引かないことには、斬りこめないのだ。

端《はた》と、両者の動きがとまった。

青白い光の輪が夜陰に浮き上がっているだけで、ふたりの体は塑像《そぞう》のように動かなかった。

気の攻防である。

そのとき、流れる雲に月光がさえぎられたのか、わずかに光の輪がうすくなり、遠ざかっていた黒崎の体が近くに見えた。

間髪《かんはつ》を入れず、隼人は右足を間境のなかに踏み込んだ。

チリッ、と、趾《あしゆび》で小石を踏んだ音がした。その瞬間、稲妻《いなずま》のような殺気が両者の間に疾《はし》った。

イヤアッ！

裂帛《れっぱく》の気合を発し、隼人は一歩踏み込みざま、光の輪のなかに渾身《こんしん》の一刀を振りおろした。

甲高い金属音がひびき、夜陰に青火が散った。隼人の一刀が黒崎の刀身をはじいたのだ。光の輪が消え、間境のなかに黒崎の巨軀がくっきりと見えた。

いまだ！　と隼人は察知し、一歩踏み込んだ。

タアッ！

黒埼も、はじかれた刀身をすばやく振り上げ、鋭い気合とともに隼人の間額《まびたい》に斬りこんできた。

隼人は体を右にひらきながら、払うように胴を薙《な》ぐ。交差し、振り向いた隼人は、切っ先をピタリと黒埼の左眼につけた。

一瞬の勝負だった。隼人の手には、深く黒埼の胴を抉《えぐ》った感触が残っている。

グワッ、と獣の咆哮《ほうこう》のような呻き声をあげ、黒埼は上体を折るようにしてがっくりと両膝を地面についた。

その腹部から、臓腑が溢れ出ている。

「おのれ！」

黒埼は目尻が裂けるほど両眼を瞠《みひら》き、ギリギリと切歯しながら立ち上がり、なおも隼人に斬りかかろうとした。

「冥途へおくってやる」

隼人は黒埼に身を寄せると、深々とその胸に兼定を突き刺した。

両眼を瞠いたまま黒埼は両膝をつき、硬直したように動きをとめた。

隼人が刀を抜くと、ビュッ、と音をたてて血が赤い帯《おび》のように噴き上がった。隼人の刀身が黒埼の心の臓をつらぬいていたのだ。

川風に血を驟雨《しゅうう》のように散らしながら、黒埼はあお向けに倒れた。

「鬼か……」

隼人がつぶやいた。

仰臥《ぎょうが》した黒埼の死顔は、憤怒の形相《ぎょうそう》のまま己の血を浴びて真っ赤に染まっていた。

解説

細谷正充

本書『剣客同心 鬼隼人』は、鳥羽亮の最新書き下ろし長篇である。タイトルの〝剣客同心〟という部分から想像できるように、凄腕《すごうで》の剣を使う同心を主人公にした、痛快な時代活劇だ。しかしながら、熱心なファンならば、新たなるヒーローの設定に、意表を突かれたことだろう。この作者が、同心を主人公にしたことは、ちょっとした予期せぬ出来事だったのである。その驚きの訳を説き明かすために、いささか廻《まわ》り道になるが、まずは作者のプロフィールを紹介しておきたい。

鳥羽亮は、一九四六年、埼玉県秩父郡長瀞《ながとろ》町に生まれた。埼玉大学教育学部卒。在学中に剣道三段を取得している。一九六九年から、埼玉県下の公立小学校の教員として働く（どうでもいいが、作者が教員になった当時、私は埼玉県の某小学校に通っていた。まかり間違えば作者の教え子になっていたのだが、そんな都合のいい偶然は起こりませんでしたな。うーん、残念）。

教職生活のかたわら、一九九〇年に『剣の道殺人事件』で、第三十六回江戸川乱歩賞を受賞。衆人環視の剣道の試合中に起きた不可能犯罪と、徹頭徹尾〝剣〟にこだわった物語が、独自の魅力を湛《たた》えた、いかにも作者らしいユニークな作品であった。

このデビュー作を皮切りに、ミステリー作家としての活動を始めた作者だが、その一方で、一九九四年、直心影流《じきしんかげりゅう》の剣客・毬谷直二郎が、無住心剣流の奥義《おうぎ》を巡る騒動に巻き込まれる『三鬼の剣』を刊行。ミステリー的な興味を盛り込んだストーリーと、迫真のチャンバラ場面を組み合わせた〝剣豪ミステリー〟は、時代小説ファンに喝采をもって受け入れられた。以後、さまざまな剣豪ヒーローを創造しながら、時代小説にも積極的に取り組み、現在に至っている。

こうした経歴を見れば了解できようが、もともと作者は、ミステリーを出発点としている作家である。したがって、発表された時代小説のどれもが、濃厚なミステリー色をもっているのは、ある意味、当然のことといえよう。ところが面白いことに、作者はミステリーにこだわりながら、与力・同心や岡っ引きを主人公にした捕物帳を書こうとはしなかった。主役の座に据えられているのは、深川の始末人・蓮見宗二郎や、市井《しせい》の介錯人の狩谷唐十郎。あるいは元武士の大道芸人・島田宗五郎など、どちらかといえばアウトロー的な立場にいる、無位無官の剣客たちなのである。

なぜ剣客が主役なのか。その理由として、作者自身が剣道三段の剣士であることを指摘しておきたい。実際の剣士である作者が、チャンバラを書くことへの興味と憧れをもっていたことは、容易に想像できよう。また、そうした思いとは別に、時代小説＋ミステリー＝捕物帳という、典型的な図式に対する反発もあったように感じられる。チャンバラへの憧憬と、ミステリーへの愛着。さらには作家としての強い矜持《きょうじ》が、ひとつに結びついたとき、独創的な〝剣豪ミステリー〟が誕生したのである。だからこそ本書が、同心を主人公にして、捕物帳のテイストを明確に打ち出していることに、驚きを覚えずにはいられなかったのだ。

しかし振り返ってみれば、作者の時代小説は、既に二十冊近く刊行されている。これらの作品群により〝剣豪ミステリー〟という、オリジナル世界は、充分に確立されているといえよう。そう考えると、作者がいかなる狙《ねら》いをもって、本書を執筆したがか見えてくる。完成された〝剣豪ミステリー〟の世界に、捕物帳を取り込み、いままでにない〝剣豪捕物帳〟ともいうべき、新たな世界を創造しようとしたのではないだろうか。

そこで、もうひとつ留意したいのが、本書の主人公・長月隼人《ながつきはやと》の使う剣が直心影流であることだ。読者諸兄よ、思い出してもらいたい。作者の初の時代小説『三鬼の剣』の主人公にして、最初の時代物のシリーズ・キャラクターである毬谷直二郎が、やはり直心影流の剣客であったことを。いままで主人公たちに、さまざまな流派の剣技を振るわせてきた作者が、あえて再び、直心影流をヒーローの剣として起用したのである。穿《うが》ち過ぎかもしれないが、ここにも新たな作品世界に挑む、作者の意気込みが表明されているような気がしてならない。まさに満を持して上梓《じょうし》された、意欲作といえよう。

長月隼人は、刃向かう相手を容赦なく斬《き》り捨てる果断な行動から、鬼隼人の異名を賜られている、南御番所（南町奉行所）の隠密廻《おんみつまわ》り同心だ。その鬼隼人が、南町奉行・筒井紀《つついき》伊守政憲《いのかみまさのり》から直々《じきじき》に命じられたのは、米問屋が夜盗に襲われた一件であった。八人が殺され、二千三百両を奪われた大事件だ。どうやら事件には複雑な裏があるらしく、すでに内与力の榎本信之助《えのもとしんのすけ》が、元御側衆《おそばしゅう》の旗本・綾部治左衛門《あやべじざえもん》の周辺を探索していた。だが信之助は、恐るべき必殺剣を使う刺客に斬り殺され、隼人もまた襲撃を受ける。

間一髪で刺客を退けた隼人は、その太刀《たち》筋と、榎本の斬り口から、敵が夜盗の一味であることを確信。そして綾部の屋敷に出入りしている牢人《ろうにん》者が神道無念流を使うという情報を得て、神道無念流の必殺剣〝光輪《こうりん》の剣〟の存在に行き着くのだった。相次ぐ凶賊の跳梁《ちょうりょう》。探索の過程で浮かび上がった、若い町娘の連続失踪事件。その裏に隠された、幕閣をも揺るがす陰謀とはなにか。そして隼人と光輪の剣との、対決の行方や如何《いか》に。さまざまな謎とスリルを孕《はら》んで、物語は佳境へと向かう。

先にも述べたように、本書の特徴は、同心を主人公にして、捕物帳のスタイルを色濃く押し出したところにある。しかも長篇なので、事件を追う隼人たちの探索がじっくりと書き込まれており、読みごたえは満点。配下の者たちを使い、手掛かりをジリジリと手繰《たぐ》りながら、事件の輪郭を引き絞っていく過程は、あたかも警察小説を読んでいるかのような楽しさだ。

また、隠密廻りという役職の性質から、かなり自由に動けるとはいうものの、それでも隼人は、組織の一員としての規範から外れることはできない。実際、この事件でも旗本がらみのものであるために、難しい対応を余儀なくされるのだ。法の側に立つがゆえの足枷《あしかせ》。それをいかに乗り越え、巨悪を追い詰めていくのか。こうしたストーリーの盛り上げは、やはり同心が主人公という設定があればこそのものといえるだろう。

そうそう、隼人が母親のおつたから、結婚についてグチグチいわれる一幕も、見逃せない。母親の出番は、この一カ所しかないのだが、どうやらなかなかの女丈夫らしい。そんな母親を煙たがる息子というドメスティックな構図は、作者の時代物では、滅多にないものである。やはりこれも、主人公がアウトローではないからこそ、生まれた場面ではないだろうか。ちょっとしたことではあるが、主人公の設定に合わせて、微妙に作品の味わいを変えていく、プロ作家のテクニックにも注目していただきたい。

さて、最後になってしまったが、いよいよ本書の最大の魅力である〝チャンバラ〟に触れることにしよう。改まっていうことではないが、鳥羽亮の活写する〝チャンバラ〟は、どれも圧倒的な迫真性に満ちている。なぜ、これほどの迫真性を味わえるのか。その秘密を、リアリズム溢《あふ》れる〝剣〟の描写に求めることができよう。

たとえば近作『秘剣 鬼の骨』の、伸びる必殺剣の秘密。これを作者は、きわめて合理的に説明する。私も木刀（鳥羽亮の時代小説を読むときの、個人的必須アイテム）を握って試してみたのだが、なるほど納得、たしかに剣が伸びるではないか。このリアリズムが、作者の描くチャンバラ場面に、独特の迫力を与えているのだ。もちろん本書に登場する〝光輪の剣〟も、リアリズムに裏打ちされた凄《すさ》まじい必殺剣である。光輪の剣——それは、円を描く刀身に光を反射させて間合《まあ》いを狂わせ、相手の剣尖《けんせん》を殺したうえで、左右連続の袈裟《けさぎ》斬りを繰り出すというものだ。間合い↓剣尖↓斬撃と、相手を倒すための〝剣の論理〟を積み重ねた、非常にロジカルな必殺剣といえよう。その強固な〝剣の論理〟を主人公が、いかにして打ち破るかが、本書の読みどころとなっているのだ。

しかも作者は、光輪の剣と対決しようとする隼人が、文政から天保《てんぽう》にかけて、江戸三大道場のひとつといわれた錬兵館《れんぺいかん》の斎藤弥九郎《さいとうやくろう》に、教えを請うシーンを挿入。隼人と弥九郎が、道場で対峙《たいじ》するのだ。意外と実在の剣豪を描かない作者にしては、珍しいサービス・カットになっている。この他にも、チャンバラ・ファンの胸を熱くする場面が目白押し。全篇を覆う剣戟《けんげき》の響きが、なんとも心地よいのである。

なお蛇足になるが、本書は、角川春樹事務所が、ハルキ文庫の中に新たに立ち上げた時代小説レーベルの、記念すべき第一弾である。本書のシリーズ化を期待すると同時に、ハルキ文庫の新レーベルによって、時代小説界がさらに活性化することを祈りたい。

（ほそや・まさみつ／文芸評論家）

本書はハルキ文庫（時代小説文庫）の書き下ろしです。

時代小説文庫
と4-1

剣客同心《けんかくどうしん》鬼隼人《おにはやと》

著者 鳥羽亮《とばりょう》

2001年6月18日第一刷発行
2005年5月28日第八刷発行

発行者 大杉明彦

発行所 株式会社 角川春樹事務所
〒101-0051 東京都千代田区神田神保町3-27 二葉第1ビル

電話 03(3263)5247[編集] 03(3263)5881[営業]

印刷・製本 中央精版印刷株式会社

フォーマット・デザイン 芦澤泰偉＋三輪佳織
シンボルマーク 芦澤泰偉

ISBN4-89456-871-3 C0193
http://www.kadokawaharuki.co.jp/[営業]
fanmail@kadokawaharuki.co.jp[編集] ご意見・ご感想をお寄せください。

時代小説文庫

宮城賢秀

隠密助太刀稼業

書き下ろし

武蔵国《むさしのくに》荏原郡《えばらごおり》の名主の次男、池上菊次郎が六人の無頼《ごろつき》により、惨殺された。旗本の武田哲太郎と郷士の近藤輝之進は、同志の敵討ちに立ち上がった。一刀流皆伝《かいでん》の実力で浪人たちを斬殺したものの、哲太郎を待ち受けていたのは、評定所《ひょうじょうしょ》の違法な敵討ちに対する裁きだった。だが、裁かれるはずの彼は、将軍徳川家斉《いえなり》の思惑により、彦根藩の百姓一揆に絡む〈殺人逃亡〉と〈敵討ち願い書〉の調査を命じられることに……。一刀流皆伝の剣閃が悪を裁く、書き下ろし時代長篇。

宮城賢秀

隠密助太刀稼業 二 大和新陰流

書き下ろし

大和国郡山藩の馬廻《うままわり》の瀧河《たきがわ》克蔵が、赤羽橋附近で二人の刺客に襲われた。克蔵の剣術で一人は仕留めたものの、一人は素性もわからぬまま逃亡した。一方、三日市藩内で田畑を搾取されたという直訴状が、将軍家斉に届けられた。その裏探索の密命を受けた武田哲太郎と近藤輝之進は、意外にも瀧河を狙った刺客が、三日市藩の徒士目付《かちめつけ》であることを知る。だが、双方の事件を探る二人に、次々と追手が襲いかかり……。書き下ろし時代長篇。

時代小説文庫

宮城賢秀

十三の敵討ち

隠密助太刀稼業

書き下ろし

武蔵国岩槻藩《いわつきはん》の士・曽根且弥《かつや》が何者かに襲われ、斬殺された。曽根が、嫁いだ娘の屋敷を訪ねる途中の出来事だった。翌日、将軍家斉より呼び出された旗本・武田哲太郎は、直々に曽根の娘の助太刀を命じられる。早速、弟弟子の輝之進を伴い、娘の保護と事件の調査に乗り出した哲太郎だったが、下手人たちの背後には大物の影が……。哲太郎は、娘に父の仇《かたき》を討たすことができるのか⁉　書き下ろし時代長篇。

宮城賢秀

おろしや小僧常吉

書き下ろし

富沢町の呉服織物問屋『大黒屋』に押し入った鳶沢《とびさわ》の文吉《ぶんきち》らは、千五百両の大金を盗み逃走した。その一味である初老の盗賊・半助は、追っ手から逃れ、かつての恩人の息子を尋ねて三浦郡へやってきた。そこには、かつて自分の仇討ちの為に命を落とした、友三《ともぞう》に瓜二つの息子・常吉の姿があった。半助は、自らの素性を打ち明け、常吉に盗賊の仕事を手伝うよう勧めるが、常吉が選んだ職は意外にも貸本屋稼業だった――。やがて、半助の身に危機が迫っているのを知った常吉は……。著者渾身の書き下ろし時代長篇。

時代小説文庫

佐伯泰英

橘花《きっか》の仇

鎌倉河岸捕物控

書き下ろし

江戸鎌倉河岸にある酒問屋の看板娘・しほ。ある日武州浪人であり唯一の肉親である父が斬殺されるという事件が起きる。相手の御家人は特にお構いなしとなった上、事件の原因となった橘の鉢を売り物に商売を始めると聞いたしほの胸に無念の炎が宿るのだった……。しほを慕う政次、亮吉、彦四郎や、金座裏の岡っ引き宗五郎親分との人情味あふれる交流を通じて、江戸の町に繰り広げられる事件の数々を描く連作時代長篇。

佐伯泰英

政次、奔《はし》る

鎌倉河岸捕物控

書き下ろし

江戸松坂屋の隠居松六《しょうろく》は、手代政次を従えた年始回りの帰途、剣客に襲われる。襲撃時、松六が漏らした「あの日から十四年……亡霊が未《いま》だ現われる」という言葉に、かつて幕閣を揺るがせた若年寄田沼意知《たぬまおきとも》暗殺事件の影を見た金座裏の宗五郎《そうごろう》親分は、現在と過去を結ぶ謎の解明に乗り出した。一方、負傷した松六への責任を感じた政次も、ひとり行動を開始するのだが——。鎌倉河岸を舞台とした事件の数々を通じて描く、好評シリーズ第二弾。

時代小説文庫

佐伯泰英
悲愁の剣
長崎絵師通吏辰次郎

長崎代官の季次《すえつぐ》家が抜け荷の罪で没落――。季次家を主家と仰ぎ、今は海外放浪の身にある南蛮絵師・通吏辰次郎《とおりしんじろう》はその報せに接し、急ぎ帰国するが当主・茂智、茂之父子や、茂之の妻であり辰次郎の初恋の人でもあった瑠璃《るり》は、何者かに惨殺されていた。お家再興のため、茂之の遺児・茂嘉を伴って江戸へと赴いた辰次郎に次々と襲いかかる刺客の影！　一連の事件に隠された真相とは……。運命に翻弄される者たちの奏でる哀歌を描く傑作時代長篇。
（解説・細谷正充）

佐伯泰英
異風者《いひゅもん》
書き下ろし

異風者《いひゅもん》――九州人吉《ひとよし》では、妥協を許さぬ反骨の士をこう呼ぶ。人吉藩の下級武士・彦根源二郎は〝異風〟を貫き、剣ひとつで藩内に地位を築いていく。折しも藩は、守旧派と改革派の間に政争が生じていた。守旧派一掃のため江戸へ向かう御側用人・実吉作左ヱ門警護の任についた源二郎だったが、それは長い苦難の始まりでもあった……。幕末から維新を生き抜いた一人の武士の、執念に彩られた人生を描く書き下ろし時代長篇。

時代小説文庫

佐伯泰英

御金座破り 鎌倉河岸捕物控

書き下ろし

戸田川の渡しで金座の手代・助蔵の斬殺死体が見つかった。小判改鋳に伴う任務に極秘裏に携わっていた助蔵の死によって、新小判の意匠が何者かの手に渡れば、江戸幕府の貨幣制度に危機が——。金座長官・後藤庄三郎から命を受け、捜査に乗り出した金座裏の宗五郎……。鎌倉河岸に繰り広げられる事件の数々と人情模様を描く、好評シリーズ第三弾。

鈴木英治

飢狼の剣

書き下ろし

浪人吉見重蔵は、主君を斬り逐電した朋輩、村山の消息をつかみ、陸奥へ向かう。昔の道場仲間の家に居候して村山を捜すうちに、勘助という少年と知り合うが、落馬して命を落としてしまう。少年の死に不審なものを感じ、調査を始めた重蔵を刺客たちが次々と襲う。事件の裏に、恐るべき陰謀が隠されていたのだ……。「いやはや、対決シーンは燃える！　脳内麻薬が全開放出されているかのような大興奮」と細谷正充氏（文芸評論家）絶賛の書き下ろし剣豪ミステリー。ここにニューヒーロー誕生！

（解説・細谷正充）

鳥羽 亮

剣客同心 鬼隼人

書き下ろし

日本橋の米問屋・島田屋が夜盗に襲われ、二千三百両の大金が奪われた。八丁堀の鬼と恐れられる隠密廻り同心・長月《ながつき》隼人《はやと》は、奉行より密命を受け、この夜盗の探索に乗り出した。手掛かりは、一家を斬殺した太刀筋のみで、探索は困難を極めた。そんな中、隼人は内与力の榎本より、旗本の綾部治左衛門《じざえもん》の周辺を洗うよう協力を求められる。だが、その直後、隼人に謎の剣の遣い手が襲いかかった——。著者渾身の書き下ろし時代長篇。

（解説・細谷正充）

鳥羽 亮

七人の刺客 剣客同心鬼隼人

書き下ろし

刃向かう悪人を容赦なく斬り捨てることから、八町掘の鬼と恐れられる隠密廻り同心・長月隼人。その隼人に南町奉行・筒井政憲より、江戸府内で起きた武士の連続斬殺事件探索の命が下った。斬られた武士はいずれも、ただならぬ太刀筋で、身体には火傷の跡があった。隼人は、犯人が己丑の大火の後に世間を騒がせた盗賊集団〝世直し党〟と関わりがあると突き止めるが、先には恐るべき刺客たちが待ち受けていた……。書き下ろし時代長篇、大好評シリーズ第二弾。

（解説・細谷正充）